マドンナメイト文庫

少女の花園 秘密の遊戯

綿引 海

目次

contents

少女の花園　秘密の遊戯

第一章　バラ館の秘密

1

博己(ひろき)はそっと壁を押してみた。
ナイフで切ったような細い線が目印だ。
ギイっと木がきしむ音がして、羽目板に隙間ができた。
あらわれた空間は幅六十センチほど。部屋の奥まで続いている。
(この壁が隠し扉になってるのか)
(いったい、何のための設備なんだ)
巧妙に隠された入り口といい、ただの設計ミスや通風孔ではない。

通路には照明らしきものはない。博己はスマートフォンのライトを点(つ)ける。

床にはビリヤード台のような緑のフェルトが張られている。色あせてほこりだらけだが、あきらかに人が歩くことを前提にしたつくりだ。

(大叔母さんは、この隠し通路を知っていたんだろうか)

博己に無料で二階の全室を使わせてくれる代わりに館(やかた)を手入れさせているのは、九十歳過ぎの大叔母だ。

謎の多い建物だ。

戦前に、絹織物の輸出で財を成した女性実業家の別荘だったという。

生涯独身だったという女傑は、この館を色とりどりの植栽で囲んだ。中でも大輪の薔薇(ばら)は見事で、バラ館という通り名にふさわしい。

建物の掃除や管理を博己に任せた大叔母だが、庭だけは決まった造園業者に手入れをさせている。造園業には珍しい、年配の女性社長はこの村の出身で、子供の頃から館には詳しいのだと聞いた。

(大叔母さんからのおかしな条件といい、いわくがありそうだよな)

二階は改装も模様替えも博己の自由だが、一階はきちんと掃除をするだけで、調度品や家具の移動も禁止されている。

以前は大叔母が二階を私室にしていたが、旅行先で足を痛めて手術し、そのままリハビリで長期入院と決まった。

入院先の病院で大叔母は「地元の人にとっては集会所や公園みたいな感じなの。だから昼間は玄関の鍵をかけず、誰が来ても気にしないでね」と念を押した。

しかも博己には「お客さんが来ても話しかけないで。掃除のとき以外、あなたは二階で暮らせばいいのよ」と言いつけたのだ。

（これで薄気味悪い洋館だったらホラーだけどな）

水色の外壁にスペイン風のオレンジ瓦という洒落（しゃれ）た外観で、少女向けの絵本に出てきそうなかわいらしい出窓は、幽霊や犯罪とは無縁なメルヘンの世界から抜け出してきたような雰囲気だ。

村の人々も、越してきたばかりの博己に優しく、特に奥さん連中は「若い男の子なんて、どうせ料理もできないんでしょ」などとおすそ分けをもらえることも多く、なにかと世話を焼いてくれる。

新卒で入った会社を三年で辞めてしまった博己にはアパートの家賃すら惜しかった。来年の国家試験まではアルバイトの時間ももったいない。

古い建物の隙間風や、車がないとどこにも行かれない不便さはあるが、越して一カ月が過ぎてみると、自分には孤独なひとり暮らしが苦にならないのだ。

（隠し通路の先に、美術品や戦前の隠し財産がザクザク……なんてな）

狭い通路をスマートフォンのＬＥＤライトの無機質な光で探る。

腰より低い高さに、小さな扉があった。真鍮（しんちゅう）の金具で閉じられている。

フックを外してかがんでみた。

扉の向こうには金網があり、その先に置かれた古い革張りのソファには見覚えがある。一階でいちばん広い客間だ。

鉄製で重厚な薪（まき）ストーブの足のあいだに、通風孔があったのを思い出す。

（いや、これは通風孔じゃなく、のぞき穴だな）

館を建てた女性実業家が、客の会話を盗み聞きするためか。あるいは女主人を密（ひそ）かに警護する使用人が潜んでいたのだろうか。

博己は真っ暗な通路にしゃがんで、のぞき穴に顔を寄せたまま考える。

「……おじゃましまーす」

小さな声が玄関から聞こえてきた。

ぱたぱたと軽い足音といっしょに客間に入ってきたのは見覚えのない少女だった。

身長とあどけない表情からすると小学校の三、四年生だろうか。

赤いランドセルを背負い、白いブラウスに濃いグリーンのチェックスカート。スニーカーというより運動靴と呼びたくなる、地味な靴を履いている。

二十四歳の博己が自分の小学校時代を思い出しても、ずいぶんと古風な服装だ。バラ館がある集落は急行が止まる街から遠く、背後を高い山に塞がれているから子供のファッションだけでなく、全体的に昭和の雰囲気が残っている。

「よかった。誰もいない」

安心したようにつぶやき、ふぅっと息を吐いた少女の顔はあどけない。

(他に誰かがいることもあるってことか。いったいこの館には何があるんだ)

ぼすんと革張りのソファに座った少女が広い客間を見回している。左右で束ねた艶やかな髪が揺れる。

くりっと大きな目と、手入れなどしていない太い眉が子供っぽい。

この館は大きな玄関ホールからそのまま客間に入る洋風のつくりだ。

「うふ……貸し切り」

(空き家だと思ってるのか。それとも、大叔母さんと仲よくしていた女の子なのか)

長年独身を貫いてきた大叔母は、この集落では裕福な老女として目立つ存在だった。少女は地元の友人の孫かもしれない。のぞきながら博己は推理する。

少女ははしゃいで足をぱたぱたさせる。身長が低くて、ソファに座っても足が床に着かないようだ。

チェックのミニスカートの裾が持ち上がって、白ソックスで隠れたふくらはぎや、これから背が伸びるだろう、くりんと丸い膝、筋肉や骨の存在を感じさせない、ぷるんと柔らかそうな太ももまで見えて、博己はドキリとする。

のぞき穴はソファの座面より低い。部屋がもう少し明るければ、少女のスカートの奥まで見えるはずだ。

(まだ十歳にもならない子供なのに、興奮する……)

博己は自分が少女の肉体に惹かれると意識したことはなかった。

真夏に噴水で遊ぶ女児の裸に接してもなんとも思わない。

けれど、無防備に座って脚をぶらぶらさせている少女の下半身を正面から直視していると、むらむらと劣情が湧いてくる。

(くうっ、パンツが見たい)

すると博己の心の声が届いたように、少女が手を伸ばして白い布製の運動靴を脱ぎ、ソファの座面に足を乗せたのだ。

「ああっ」

真っ暗な隠し通路で、思わず声を漏らしてしまった。

少女はソファの上でM字に脚を開いている。

神聖さすら感じさせる、つるつるの太ももが窓から差す午後の日差しを浴びている。

その中心に、子供用のコットンショーツで覆われた部分がある。

(パンツが丸見えだ。真っ白で柔らかそうで、布がたるんでる)

大人の女性とはまるで下着の様子が違う。泌尿器を守り、風邪を引かないように厚手の白い木綿で作られている。左右の脚の付け根にはゴムが入っている。

(くうっ、毛羽立って汚れてる)

少女の成長は早い。何年も同じ下着を身につけるとは思えない。

それなのにスカートの中で未成熟な秘境を守る、二重になったクロッチは純白ではなく、ごく薄い灰色と黄色に染まっており、股のゴムは伸びて皺ができている。

柔らかなクロッチに鼻を埋めたら、どんな匂いがするのだろう。

秘密の谷に食い込む縦じわを指で触ったら、少女はどんな反応を示すだろう。

(俺は……ああっ、ロリコンじゃないはずなのにっ)

自分に言い聞かせても、もうジーンズの中で勃起はぱんぱんにふくらんでいた。

二十四歳の博己よりはるかに幼い、まだ性のなんたるかもわかっていなさそうな少女が、博己が潜む隠し通路に向かってかっぱりと脚を開いてくれる。

「ショーツをくんくん匂って。太ももをさわって。オシッコの穴をペロペロなめて、きれいにして」

女児パンツのクロッチが動くのが口に見えて、幻聴すら聞こえてくる。

もう我慢できなかった。

去年、恋人にフラれ、それが原因で会社を辞めてから、勃起すらまともにしなかった。それなのに今は破裂しそうなほど充血している。

「あ……ううっ」

博己は音を立てないように注意しながら、のぞき穴から顔を離す。

中腰になってジーンズと下着を引きおろした。

先走りが染みた裏地がにちゃっと糸を引く。

びいんっと主張する勃起を握る。

「くうっ」

脚が震えるほどの快感だった。

まだ射精に慣れていない思春期の自慰みたいに、反り返った肉軸に指が触れただけでぬるっと先走りがあふれてしまった。

射精するなら、数メートル先のショーツを窃視したままだ。

のぞき穴に、ふたたび顔を寄せた。

2

(まさか……嘘だろ)

直径五センチほどの通風孔を模したのぞき穴の向こうで少女はソファに座る。

だが、先ほどとは姿勢が違っていた。

座面に置いた脚はさらに大きく開き、スカートの裾は裏返って、くたくたの綿ショーツのクロッチが丸見えだ。

M字になった太ももの付け根からは、丸いお尻の縁までうかがえる。

先ほどは脚の脇にちょこんと置かれていた少女の右手は、女児ショーツの未発達な恥丘を覆っている。

「ん……あっ、ふぅぅ……」

まくれたスカートの中で、おへそのすぐ下まで隠す子供ショーツのフロントに、まだ短くて幼さを感じさせる指が食い込んでいる。

（女の子がオナニーしてるっ）

博己は驚きのあまりまばたきも忘れ、のぞき穴に顔を押しつける。

「ん……んんっ」

客間から、少女のため息が聞こえてくる。

自然なままの太い眉をきゅっと寄せ、泣くのをがまんしているみたいな表情だ。

「は……んっ、イジイジ、きもちいいよぉ……」

さくらんぼみたいにつやつやした唇が半開きになって、小さな歯がきらりと光る。

口の中から、ちゅっと水音がした。興奮して唾液が漏れているのだ。

少女はおずおずと右手の中指を伸ばして、木綿下着のクロッチに押し込む。

「あんっ、ああん……エッチだよぉ」

布越しに性器を刺激して喜んでいる。

あまりにも早熟だと一瞬驚いたが、博己だって幼い頃から異性の身体に興味があったし、勃起や射精はしなくても柔らかなペニスを触って遊んだものだ。

小学校までは一般的に男子より女子のほうが成長が早くて大人っぽい。

現にソファの上でショーツ越しに柔肉をいじっている少女の表情は、すでに女の快感を知っている、生意気なセクシーさすら感じさせるものだ。

（なんてエッチな女の子なんだ。たまらないっ）

巨乳ＡＶ女優の動画なんかとは違う。性欲の対象にしてはいけない少女の、秘密の行為をのぞく背徳感がたまらない。

「ん……あ、はぁ……パンツ、じゃま」

女の子の手が野暮ったいジュニアショーツのウエストから滑り込んだ。

（下着の中がもぞもぞ動いてる。オマ×コをいじろうとしてる）

白いコットンの奥で指が幼裂を探っている。

「ふ……ああん、ちょくせつ……気持ちいい」

子供っぽい高い声でのつぶやきが、博己の脳を直撃する。

生地越しに五指がくにくにと動く様子がたまらない。

少女の秘密エキスはどんな味だろう。

（ああ、あの子の指をしゃぶりたい。パンティの裏側を舐めてみたい）

初潮もきていないだろう子供に対して劣情を感じるのは、はじめてだった。

大人としてマズいと思っても、身体と脳が暴走している。

「くうぅ、めちゃくちゃエロい女の子だ」

博己は丸出しの肉茎に手を添える。

数回しごくだけで射精してしまいそうだ。放精をこらえるために根元をぎゅっと握る。たらたらと漏れた先走りが肉茎を伝い、陰嚢まで濡らしていた。

「ん……ふ、リカのだいじなとこ、出しちゃう……」

のぞいている青年の存在に気づいたような言葉に、博己はぎくりとした。

けれど、思い過ごしだったようだ。

リカと自称した少女は、視線を薪ストーブに隠されたのぞき穴には向けずに、ソファの上でお尻をくいっと持ち上げる。

人形みたいに小さな両手が、女児ショーツのサイドにかかって、ゆっくりと小布を引きおろしていく。

ほうっと頬を染めたリカは、くしゃっと丸めたショーツから片足を抜く。

「はあ……パンツ脱いだら、涼しい……」

メレンゲみたいに真っ白でつるりとした下腹の端に、薄いピンクの裂け目がある。

「う……う」

博己はうめきを消そうと唇を噛む。

リカはふたたび、ソファの上でゆっくりと脚を広げてくれる。

「はあ……イジイジ、好きぃ」

一本のかすかな縦筋が割れた。

（リカちゃんの、小学生マ×コ……ああっ、すごくちっちゃくて、飴細工みたいだ）

小輪のバラを思わせる、透けそうなほど頼りない襞が左右から重なっている。

リカはじゃまなスカートを左手でたくしあげ、右手を無防備な谷に添えた。

「はあーん、エッチになっちゃう」

二本の指で、砂糖菓子みたいに甘そうな、繊細な薄肉を割る。

博己の正面で、いたいけな天使の幼裂が咲いた。

朝露に濡れたピンクのすずらんみたいに可憐なのに、大人の男を誘い、狂わせてしまう魔力に満ちている。

どこもつるつるの少女の肌で、神秘的な亀裂だけが複雑なかたちをしていた。

「う……ぐう」

床に伏せた博己はのぞき穴の縁に顔を押しつけ、脚を開いて勃起をぎゅっと握る。

（だめだ。イキそうだ。見てるだけで出ちゃうっ）

反り返った細身の肉幹が、びきっ、びきっと痙攣している。

大人の女性と付き合った経験もある二十四歳の男が、中学生みたいに性欲に翻弄されている。小学生の開脚オナニーの破壊力は強烈だ。

緑のスカートと白のハイソックスのあいだに挟まれた下半身に幻惑されて、博己は目を大きく見開く。自分の視線で少女の柔肉が焦げてしまいそうだ。

「ふ……んっ、んっ、ちゅくちゅくしちゃう」

リカがソファの上で腰を前後させる。

「はっ、ひ……あーん、イジイジするの、楽しいぃ」

細い二本の指は、ごく小さい姫口を両側から挟んで上下に動かしている。

（クリトリスやオマ×コをいじるわけじゃないのか）

エロ動画やネットで得た知識で、女性のオナニーは陰核を潰し、膣口に指を挿入するものだと思っていた。

リカは雛尖（ひなさき）や膣口には直接触れずに、未発達な左右の陰唇を挟んで優しく擦（こす）るのがお気に入りらしい。

天井に顔を向けて目をつぶり、指遊びに熱中する。唇が震えている。

「はっ、は……ああん、教えてもらったとおり……じんじんする」

本で読んだのか、誰かに自慰の仕方を教わったのだろうか。

指の動きが激しくなっていく。

「んっ、おしりが軽くなるぅ」

ソファの背もたれに小さな頭を預け、脚をM字に開いたリカが腰を浮かせた。

まんまるのヒップに光が当たり、少女の秘谷があからさまになる。

指で閉じられた桃色の姫口の下に、カフェオレの雫（しずく）を落としたみたいな、極小の窄（すぼ）まりが見えた。

（リカちゃんみたいにかわいい女の子にも、おしりの穴があるんだ）

当たり前のことなのに、博己には信じられない。

排泄器官と呼ぶにはあまりにも可憐だ。

指の動きに合わせてきゅっ、きゅっと幼肛が収縮するのがなんとも魅力的だ。キスをしてちゅうちゅう吸ってあげたくなる。

「んふ、あああ、みんなに教えられたとおり、ふわふわするぅ」

陰唇を挟んだリカの指が上下するにつれて、関節がとても柔らかそうな膝がかくかくと揺れだし、ふくらはぎまで隠した白いソックスのつま先がくりんと丸くなる。

「はっ、ああん……イジイジ、大好きだよぉ、ひ……はああんっ」

自慰をのぞかれているとは知らない少女がのけぞる。

二本指に隠れた姫口がびくつくのといっしょになって、おちょぼ口のロリータ肛門がいそぎんちゃくみたいに盛り上がる。

（リカちゃんのオナニー、エロいよ。最高だっ）

博己は肉茎を手で絞って射精をこらえる。

「はーん、ぐっちょぐちょになってるぅ」

リカはのけぞって、股間をのぞき穴に向かって突き出すポーズをとる。

指の動きに合わせて、ちゅくっ、ちゅっと小さな水音まで聞こえてきた。

（小学生でも濡れるのか。信じられない）

まだ幼児体形の子供でも、愛液をにじませるのだろうか。博己は驚いた。

「はっ、ああん、すごい。気持ちいい。あーん、漏れちゃうっ」

ちょ、ちょおおおっ。

Ｖ字にした指のあいだから、透明な飛沫（しぶき）が噴き出した。

御影石張りの床を、古い本革のソファを、新鮮な雫が濡らしていく。

「ひっ、ひぃーん、気持ちいいよぉ」

びくん、びくんと全身を震わせる幼い少女の姿が、博己の脳を沸騰させた。

きゅっと丸まったソックスのつま先が踊るようにソファを叩（たた）き、背中が反って、半開きの蕾（つぼみ）みたいな唇が濡れて光っている。

（イッてる、あんな幼い子がオナニーでイッてるっ）

博己の肉茎も、彼女のふくらはぎと同じようにびくりと震えた。

「く……うっ」

しごく間もなかった。

(出るっ)

ど……どくうっ、どっ。

「お……おうぅ」

同僚だった恋人にフラれ、いたたまれずに会社を辞めてから、ずっと意気消沈していた男根が、溜(た)まった劣情を煮詰めたみたいに濃厚な精液を噴く。

思春期の夢精みたいに、背骨が抜けるような快感が続く。

(リカちゃんのオナニーショー、最高だっ)

のぞき穴に顔を当てたまま、博己は何度も精をぶちまけた。

3

「は……ああん」

リカはしばらく、スカートをまくり、ロリータピンクの陰裂をむき出しにしたままソファに背中を預けて動かなかった。

ピンクのグラデーションを示す小陰唇から内ももがぐっしょり濡れている。

やがて、ゆっくりと身体を起こす。

(オマ×コがきらきら光ってる。あんな子供なのに潮吹きだなんて)

博己は隠し通路から少女の様子をうかがう。

リカは傍らに置いたランドセルからティッシュペーパーを取り出すと、まずソファや床に飛び散った少女蜜を丁寧に拭き、それから下半身を清めた。

(自分の身体よりも先に家具をきれいにするなんて、いい子だなぁ)

大量射精で獰猛さをなくした博己はぼんやりとリカの様子をのぞく。

隠し通路から、精液の青臭い湿気が流れ出してしまいそうだ。

自慰の痕跡を吸ったティッシュを部屋に残さず、ランドセルに戻したときは残念な気持ちになった。

(小学生の愛液ってどんな味なのか、知りたかったのに)

つい先ほどまで、少女に欲情するなど大人としてありえないと思っていた。

だがロリオナニーを鑑賞して精をぶちまけた今は、少女の性器や裸体はもちろん、その無垢な身体から出されるどんなものでも、性欲の対象になっている。

「う……ふ」

リカも指遊びで満足したらしい。

あどけない笑顔を浮かべてスカートを引きおろす。

だが片方の足首には、白い女児ショーツがからまったままだ。

(ノーパン小学生、なんていやらしいんだ)

博己が暮らす館に忍び込み、自慰をしたばかりだというのに、娘は緊張する様子はない。すっかり元の無邪気な子供に戻った。

「ん……」

スカートの裾を直し、腕をあげて伸びをする。

リカは立ち上がると、白ソックスのままで部屋の奥に歩いていった。

きちんと揃えて脱いだ白い運動靴が、ソファの下に残される。

のぞき穴から見えない、客間のどこかで木のきしみが聞こえる。

しばらくたって、リカは一冊のノートを手にして戻ってきた。

花の写真がついた、小学生がよく使う学習ノートだ。

表紙には手書きで「ひみつノート」そして「CLX」と太く書いてある。

ソファに座り直した少女は膝の上でノートを開くと、鉛筆をぎゅっと握って数秒間考えていた。

斜め上を向いて、長いまつげをぱちぱちと叩くまばたきがかわいい。

「んーと……みんなの教えてくれたやりかた、じっけんしてみました……と」

どうやら声に出しながら文字を書くくせがあるようだ。

「指でへこみのとこ、イジイジするの、とってもきもちよかったです……」

(オナニーしたってことか。秘密の日記なのかな)

丸めた手でノートに書いている。

「言われたとおり、オシッコをがまんしながらいたずらするの、ドキドキでした。さいごはちょっともれちゃったけど……」

リカは誰かに自慰のしかたを習ったということか。

(あの、飛び散らせたのはオシッコだったのか)

幼い少女がAV女優みたいに潮吹きする姿に驚いたが、あれは絶頂の愛液ではなく、溜まっていた小水だったのだ。

(小学生のオシッコ我慢オナニー……すごくエッチだ)

リカの秘密を知った博己は、心の中でつぶやく。

(ソファや床に残ったリカちゃんのオシッコの匂い……嗅ぎたくてたまらないよ)

先ほど、大量に射精してうなだれていた肉茎に、ふたたび力が戻ってくる。

「ひとりでいじってるのに、みんなに見られてるみたいで、きもちよかったです」

まるで宿題の読書感想文でも書いているかのようだ。

「もしかしたら、紗英さんにおしえてもらった指で中をチュクチュクもできそうだったけど、こわかったから、またこんどにします……と」

リカは満足そうにノートを畳んで立ち上がった。

ノートはリカの私物ではなく、客間のどこかにしまっていたようだ。

(どこに置いてるんだ。読みたい。何が書いてあるんだ)

のぞき穴から見える範囲は狭い。

リカがノートを戻す先を確かめようと、四つん這いのまま向きを変える。

膝の下でギシッと床板が鳴り、あわてた博己はのぞき穴から顔を離した。だが、隠し通路は狭い。

壁から突き出していた細い梁が、無防備にぶら下がった陰嚢にぶつかった。

「痛っ」

思わず声を出してしまった。

壁の向こうでぱたぱたとリカの足音が近づいてくる。

「だ……誰っ」

(まずいっ)

博己は逃げようとしたが、おろしたままのジーンズと下着が足かせになって、隠し通路にどんと転がってしまった。

数十センチ先にのぞき穴がある。

客間からの光がのぞき穴から隠し通路に注いでいた。

その光が突然小さくなった。リカが怪しい通風孔に気づいてかがんだのだ。

明るい客間を背にした少女の視線が、隠し通路に転がった半裸の青年をとらえた。

「ええっ、やだ……見てたのっ」

小さな悲鳴が聞こえた。

(しまった……俺がのぞいていたのがバレちゃった……)

「い……いやあああっ」

泣き声が壁を震わせる。

(まずい。怖がらせちゃだめだ)

自慰をのぞかれていたと知って、少女はどんなにショックを受けるだろう。

「ち、違うんだ。これは……っ」

博己はのぞき穴の向こうにいるリカに向かって声をかけたが、もう遅い。

運動靴をつっかけた小さな足が、客間のドアに走っていくのがわかる。

客間のドアが閉じる。大きな木製の玄関ドアが開く音が続いた。

博己は急いで下半身の身支度を調えて隠し通路から出る。

「ああ……しまった」

自分が少女の秘密の指遊びを目撃した罪悪感が湧き上がった。

けれどがらんとした客間に入って、博己はようやく冷静さを取り戻した。

自分が大叔母から管理を任されている館に、無断で侵入したのはリカなのだ。

(のぞいていたのは悪趣味だったけど、俺が悪いことしたわけじゃないんだ)

ソファの上には、開いたままのノートが置いてある。

そして、床にはくしゃっと丸まったジュニアショーツ。

少女が見せてくれた痴態の証拠だ。

いつもは古い木と革の匂いが充満している客間は、バニラみたいに甘いリカの体香が残っている。

博己は床に膝をつき、リカがM字開脚で自慰ショーを披露してくれたソファの座面に顔を寄せた。

ティッシュで拭いてはあっても、革に小水が染みたままだ。

鼻を当てて、思い切り少女の残り香を吸う。

「あ……ううっ」

まだ新鮮な少女尿はアンモニア臭などなく、茹でたてのそら豆みたいな生気にあふれた匂いだった。

4

もっと少女の秘密の匂いを知りたい。

リカの尿臭があまりにもかわいらしかったのを残念に思ってしまう自分に驚く。

今までは博己に女性の体臭へのこだわりなどはなかった。

だが客間に残った少女の身体が放つ、甘い匂いは、脳がとろけるほど魅力的だ。

震える指で、床に落ちていた小さなコットンショーツをつまむ。

裏返すと木綿の生地とは別に、柔らかいガーゼ素材のクロッチがあらわれる。

「ああ……リカちゃんのオマ×コの跡だ」

白いはずのガーゼは黄色く染まっていた。

汚いなどとはまったく感じなかった。

それよりも、少女の秘密の部分に触れていた布だと思うと、それだけで射精したての肉茎が熱くなっていく。

「んんっ……くうぅ」

鼻を女児ショーツのクロッチに埋めた。

ぴりりと嗅覚を刺激するアンモニア臭がたまらない。

(これが……リカちゃんの恥ずかしい匂いなのか)

辞めたばかりの会社で付き合っていた恋人の性器とはまるで違う。彼女の性器はボディソープの人工的なシトラスの香りで飾られていた。

セックスをするのが当然という関係でもあり、彼女の陰裂は清潔ではあったけれど、牡の本能を刺激するフェロモンは欠けていた。クンニリングスを続ければ花蜜があふれてきたが、それもほぼ無味無臭だった。

(女の子の匂いだ。すてきでエッチだよ)

乾いた尿が放つ幼いアロマに惑わされる。

きっと学校や家でトイレのあと、きちんと拭ききれなかったのだろう。

クロッチにはごくわずかに少女のねっとりした分泌物も染みていた。博己は舌を尖(とが)

らせて薄黄色のロリータクリームを味わう。

生クリームみたいにねっとりした残滓に塩気と苦みが残っていた。

「ううっ、リカちゃんっ」

半勃起がジーンズの中で苦しい。

リカのショーツに顔を埋め、肺の中いっぱいに少女の匂いを吸いながら、もう一度、マスターベーションしたくなる。

恋人からひどい別れ方を告げられてから、こんなに性欲が湧くのははじめてだ。

(そうだ。例の「ひみつノート」には何を書いていたんだろう)

リカが記していた秘密の告白を読み、同時にショーツの匂いと味を堪能しながら射精したい。

ソファに置かれていたノートを手にとる。表紙は花の写真で、その下に「ひみつノート」「CLX」と太いペンで記されている。

さきほどまでリカが書いていた、最後のページに開きぐせがついていた。

「みんなの教えてくれたやりかた、じっけんしてみました。指でへこみのとこ、イジイジするの、とってもきもちよかったです。あと、紗英さんに言われたとおり、オシッコをがまんしながらいたずらするの、ドキドキでした。さいごはちょっともれちゃったけど。でも、ひとりでしてるのに、みんなに見られてるみたいで、きもちよかったです。もしかしたら、紗英さんにおしえてもらった指で中をチュクチュクもできそうだったけど、こわかったから、またこんどにします。リカ」

太罫のノートには稚拙な丸文字で、一生懸命に書いたのがよくわかる。

（誰あてのメッセージなんだ）

リカが書くより前のページに戻る。

「ワレメのあいだを、たてに指でこするときもちいいよ。わたしと舞衣は、ワレメの上にあるとんがりをくすぐるのも好き。でも三年生のリカにはまだ早いかも　紗英」

いかにも幼い、ひらがなばかりの文字はリカのもの。紗英という少女は大人びた文体で、リカよりもずっと漢字が多い。

ノートをめくってみると、他にも数人がさまざまなコメントを書いているようだ。

（交換日記みたいなものかな）

文字の雰囲気からして、書いているのはすべて女の子のようだ。

今どきなら、女の子たちはスマートフォンのＳＮＳでやり取りするだろう。

けれどこの集落は深い谷と、磁力を帯びた鉄鉱石の鉱山に挟まれているので、携帯電話が使えない。

しかも、昔から保守的な土地柄だ。子供たちがないしょのネットワークを持つことを快く思わない親が多い。

女の子だけの交換日記という風習が残っていても不思議はない。

(なんだか女の子たちの秘密ってワクワクするな)

博己はノートを1ページ目から読み直すことにした。

「ついに160冊目です。CLX！ 紗英」

というのが最初の書き込みだ。

アルファベットはローマ数字らしい。それにしてもこのノートが百六十冊目とは。

どうやら交換日記の習慣は昨日今日はじまったものではないらしい。

次のページには達筆な書き込みがある。

「新しいノートにはじめて書くのは勇気がいります。でも紗英さまに会いたいから、ひとりでバラ館に来てしまいました。少しさみしいかな 舞衣」

(さっきも名前が出ていた子だな。字からすると上品なお嬢様ってイメージだ)

その下から矢印が引かれて別のコメントがある。

「みんなにお知らせ。舞衣は少しさみしいなんて書いてたけど、ひとりで指エッチしてました。やらしい！ 紗英」

すぐ下には「やめてください！　ナイショです」と舞衣という少女の言葉が加えられている。

指エッチとは自慰の呼び方だろうか。

（リカちゃんだけじゃなく、他の女の子もオナニーをしてるってことか）

ページをめくる手が興奮で震える。

目に飛び込んできたのはフェルトペンで描かれた、ペニスのイラストだった。

先細りでうなだれている。西洋の彫刻や宗教画にありそうな、包茎の男性器。

実物とは違い、アンバランスなほどに陰嚢が大きくてつるりとしている。

「おチ×チン生やしたいよー。ムクって出てこないかな。そしたら、すごくエロいことができるのに　理那（りな）」

女の子にしては力強い文字だ。

（男になりたい願望があるのかな）

すぐ下には、丸っこくてかわいいピンクのコメントがある。

「おチ×チンがなくても理那はすてきだよ。でもおチ×チンがあったら、もっとかっこいいかも　日奈子（ひなこ）」

かっこいいと呼ばれるくらいだから、ペニスを生やしたいと夢想する理那という少女はボーイッシュなタイプなのだろう。

ふたりのやり取りは数行続いていた。

理那にとって、どうやら日奈子は恋人的な存在らしい。

同世代の少年が子供っぽく見える少女同士の、微笑ましい付き合いだろうか。

だが、最後の行で博己は驚いた。

「おチ×チンが生えたら日奈子にいじらせてあげる。先っぽにキスしてね　理那」

男性器が突然、自分に生えてこないかと夢想する子供でも、フェラチオは知っているようだ。

別のページにも男性器のイラストがあった。

ただし、こちらはかなりリアルだ。鉛筆で濃淡がつけられており、立体感もある。

描かれているのは、あきらかに小学生くらいの子供ペニスだ。

「弟といっしょにお風呂にはいったけど、紗英さんがいってたボッキ？　はしなかったです。おっぱいを触らせてやったのにソンした　千沙都（ちさと）」

添えられた文章からすると、弟の未成熟な性器をイラストに起こしたらしい。

千沙都という少女はイラストが得意らしく、他のページにもかわいらしいネコや、ときには大人向けのレディースコミックでも読んだのか、男女が裸でからんでいるセクシーな場面も描いている。とはいえ小学生が無修正の媒体にアクセスなどできないようで、結合部や大人の下半身はぼんやりとごまかしてあるだけだ。

千沙都はませた子のようで、弟相手にきわどいいたずらを試みたと告白し、リーダー格の紗英にコメントでたしなめられていた。

(いろんな女の子が出入りしているんだな)

学校の話題も入っている。ノートを書いているのは小学生ばかりのようだ。

博己が越してきたバラ館の周辺には、公立の小学校の他に、戦前に地元の篤志家が集まって作ったという、小さな私立の小中一貫校もある。

「ひみつノート」を回覧しているメンバーには、両方の児童がいるようだ。

(小学生なんて、ただのガキだと思ってたのに。男女でぜんぜん違うんだな)

赤裸々な告白を読んでいるうちに、下着の中でじわりと先走りがにじんだ。

「みんな、お部屋をつかったら、おそうじをわすれないでください　舞衣」

「日奈子みたいに、ぐっしょりになる子はタオルしくんだよ　理那」

大人にはないしょの、いけない遊びを愉しんでいるのだと書き込みから伝わってくる。それぞれのページのかわいい文字やがんばって描いたイラストから、少女たちの甘酸っぱい体香や、興奮した吐息が漂ってくるようだ。

（この館は、女の子たちのエッチな遊び場なのか）

とんでもない秘密を知って、博己は背中が震えるほどに高ぶってしまう。

百六十冊目だというノートは、半ばまで書き込まれていた。

「二階にお兄さんが引っこしてきたみたいですね　舞衣」というコメントを見つけた。

日付からすると博己のことだろう。

「おばあちゃんみたいに優しい人ならいいね。でも何日か、バラ館に集まるのはお休みにしよう　紗英」

「つまんないなー。おひっこしおわってほしい。はやくイジイジしたい　リカ」

どうやら少女たちは館が大叔母の所有物だとは理解しておらず、二階だけが貸し出されていると勘違いしているらしい。

大叔母はもともと別荘のように使っていたから、一階が少女の楽園になっていると は気がつかなかったのだろうか。

「二階の人は、引っ越しが終わったみたい。金曜放課後にテーサツしてきます　千沙都」

（金曜日って……今日じゃないか）

博己が時計を見るのと、客間のドアがゆっくり開くのは同時だった。

第二章　いたずらっ娘の幼手コキ

1

「あーっ、お兄さんが二階に越してきた人ですね」

博己があわてて「ひみつノート」をサイドテーブルの引き出しに放り込んだとき、かん高い女の子の声が響いた。

振り返ると、ショートカットで快活そうな少女が立っていた。

「だめですよ。二階は女子専用。男子は立ち入り禁止です」

彼女のほうが不法侵入なのだが、少女たちにとっては自分たちの秘密の館にやってきた博己こそがよそ者なのだ。

本来なら自分がこの館を預かっていると少女に告げるべきだ。

けれど、大叔母との約束を思い出した。

「玄関は鍵をかけず、一階に誰が来ても話しかけないで。掃除のとき以外、あなたは二階で暮らしてね」という言いつけに従えば、少女に答えるのも避けるべきだった。

「ああ……いや、あの、ちょっと掃除をしようと思って」

とはいえ、向こうから話しかけられたのだ。無視するわけにはいかない。

「そうなんだ。だったらお兄さんは男子でも禁止じゃないです」

どぎまぎする二十四歳の青年の反応が面白かったのか、少女は楽しそうに笑う。

開いた口に白い歯が並んで、健康的なピンクの舌がきらきらと唾液で光っている。

（あの唇、舌……どんな味がするんだろう）

不埒（ふらち）なことを思った博己は、自分に驚く。

ロリータ好きの自覚はなかったし、そもそも子供好きでもないつもりだった。

けれど数時間前に隠し通路からリカの自慰を目撃したせいで、今、館にあらわれた初対面の少女ですら性の対象として見てしまっている。

「お兄さんはどこから来たんですか」

ショートカットの髪をかきあげる仕草は、自分を大人っぽく見せようと演じているみたいだ。けれど身長は百三十センチほどで小柄だし、顔だって額が広くて目鼻が中央に集まって成長を待っている。雰囲気はまだまだ子供だ。

「東京で勤めてたんだけど、会社を辞めて……今は資格の勉強中なんだ」

「……しかく？」

ちょこんと首をかしげる仕草が愛らしい。ショートカットからぴょこんと突き出した耳は妖精みたいに目立つ。

「ふーん。大人でも勉強するんだあ」

くりっとした大きな瞳がせわしなくうごき、頬が桃色に上気している。遠くから越してきた若い男に興味津々といったところだ。

「まだ試験は先だから、はじめたばかりだけどね」

「大人になったら勉強しなくていいって思ってたのに。ざんねんだなあ」

少女は桜貝みたいな唇を尖らせる。

肩から伸びた手が長い。片手にはスケッチブックを抱えている。

「あーあ、毎日、図画工作だけだったらいいのに」

少女はもう片方の手に提げていた赤いランドセルをソファに置いた。

脇にぶら下がったタグが目に入る。

「5年2組　三浦千沙都」

都会の小学校ではストーカーや犯罪対策で持ち物に名前を書かないのが一般的だ。けれどこの村では子供が少なく、またランドセルや体操着もお下がりで使うのが普通だから、子供の持ち物には名前を書くのが当たり前だと聞いた気がする。

少女の珍しい名前に見覚えがあった。

先ほど見つけた「ひみつノート」だ。

（ええと、千沙都……ああっ、エッチな絵の子だ）

大人の男女がからんだイラストや、いっしょに入浴した弟の男性器を上手なイラストにしていた少女だ。

（こんなに明るそうな女の子が、一生懸命にチ×ポの絵を描いてたなんて）

ノートには弟におっぱいを触らせたともあった。

（まだふくらんでもいない……いや、ちょっとだけふくらみかけか）

千沙都は白い夏向きのノースリーブを着ている。ざっくりしたデザインなのでわからないが、胸は平板ではなく、小皿ほどの隆起があるようだ。

「お兄さんは小学校のとき、勉強は得意だった？」

座ったまま上体を傾けたから、ノースリーブの胸元に空間ができ、ふくらみかけのロリータバストの上弦がちらりとのぞけた。

「全然。でも、算数は好きだったよ。答えがはっきり出るから」

博己が真面目に答えると、千沙都はうえぇーと大げさに吐くまねをする。算数は大嫌いらしい。

「算数の教科書って、絵もかっこ悪いし、いやだなあ」

千沙都の首には細い紐が回っている。ノースリーブの中に、ストラップで吊(つ)るすキャミソールを着ているようだ。

鎖骨や肩の肌は成長期の少女らしく、風船みたいにつやつやだ。

(天真爛漫(てんしんらんまん)って感じなのに弟のチ×ポを観察して、セックスには興味があるのか)

五年生の身体から視線を外せない。

「勉強の話なんて、たいくつ」

千沙都はぼすんと音を立ててソファに飛び乗る。

ピンクのフレアスカートがパラシュートみたいに開いた。

(白いのがちらっと……パンティだよな)

一瞬のチラ見えだったが、光沢のある三角形が確かに見えた。

「なんか今日、暑いですよね」

ソファに座った千沙都は膝下までの長いソックスを履いた脚をばたつかせる。

薄手の白ソックスには糖衣をコートしたアメリカのチョコレート菓子みたいな、赤や青、黄色の丸が散らしてある。

「そうかな。外は暑いのか。俺はずっと中にいたから」

会話を続けながらも、つい視線をフレアスカートの裾に向けてしまう。

「ねえ、お兄さん」

千沙都はクスッと笑うと、博己の顔をまっすぐに見つめてくる。

そしてスカートの裾をつまむと、ゆっくりと引き上げはじめたのだ。

「ええっ、何をするんだ」

丸っこい膝小僧には小さな絆創膏（ばんそうこう）が貼ってあるのが子供っぽい。

スカートの裾はさらにまくれ、頼りないほど細くて日焼けしていない白いももがあらわれた。あと数センチで、少女の下着が見えてしまう。

「男の人はみんな……好きなんでしょ？　女の子のパンツ」

あどけない笑顔で、とんでもないことを言い出す。

「ばか、そんな……あの、子供のパンツなんか、興味はないよ……ううっ」

博己は必死で視線をそらそうとする。

けれど、するすると持ち上がるスカートの裾からついに白い三角がちらりと見えたときには、もう我慢できなかった。

(ああ、真っ白でつるつるだ。布が小さくて……食い込んでるっ)

のぞき穴から見たリカの女児用ショーツとはまるで違う。

千沙都の下着は光沢のあるシルキーホワイトで、フロントの面積が小さく、大人びたデザインだ。

「うそつき。パンツ、めっちゃ見てるじゃない」

千沙都が勝ち誇ったように博己を見上げる。

大人の男としてのぎりぎりの理性が働いた。

「だめだよ。女の子はパンツを他の人に見せたりしたら、いけないんだ」

相手は同じ集落の少女なのだ。

うわべだけとはいえ、清く正しい大人でいなければいけない。

「ふーん。じゃあ……どうして別の女の子のパンツを大事そうに持ってるの」

「えっ」

きらきら輝く瞳が、博己の顔ではなく、ジーンズに向いた。

(しまった。リカちゃんの落とし物を拾って、そのままポケットに入れたままだ)

フロントのポケットから、白いコットンのショーツがはみ出していたのだ。

「お兄さん、子供のパンツを盗むなんて、ヘンタイじゃない」

「違うよ。これは……ただの忘れ物で」

博己は抗弁するが、女児ショーツをポケットに入れていたのは事実だ。

千沙都はんふっと鼻にかかった笑みを漏らし、探るような上目遣いで続ける。

「あたしのパンツと、そのパンツ……どっちが好き?」

言いながら少女は脚を持ち上げる。

「あ……あううっ」

ソファの上でリカが自慰をしていたのと同じ、M字開脚のポーズをとってみせた。

つるつるした化学繊維のジュニアショーツの中央には、三本の溝が刻まれている。

真ん中の溝は深く、両側は浅い。

(オマ×コに食い込んでる。割れ目がくっきり浮かんでるっ)

千沙都は誘うようにさらに脚を開く。

太ももの付け根から生地が浮いて、わずかな隙間ができる。

(あの中に千沙都ちゃんの五年生オマ×コがあるんだっ)

男の本能で脳がシルキーホワイトに染まり、理性など飛び散ってしまった。

「もしも……あたしのパンツのほうが好きなら、これ、脱いであげる」

天使みたいな笑顔を浮かべて、悪魔のようにささやく。

「く……あああっ」

もう言葉にならない。泡でも吹いて失神しそうなほど興奮している。

「その代わり……お兄さんも、あたしに見せて」

色とりどりの水玉を散らしたソックスを履いた脚がすっと伸びる。

「見せてって、まさか……」

ノートの書き込みで、千沙都が男性器に興味津々なのは知っていたが、確認せずにはいられなかった。

「わかってるくせに」

小さなつま先が、立ち尽くす青年のジーンズの股間に触れた。

「ボッキしてるの、見たいの」

厚い生地越しなのに、少女のつま先が勃起肉をつんと押しただけで、ビリリと強烈な快感が走った。

先走りの露が博己の下着に染み込む。

「うう……がまんできない。好きだよ、拾ったパンツより、千沙都ちゃんのパンツのほうがずっと好きだよっ」

成人男性のプライドなどかなぐり捨てて、博己はついに告白してしまった。

2

「いい？　お兄さん。いっせーのせで脱ぐんだよ」

くっきりした二重の目で見つめてくる。

博己に命令する千沙都は、耳まで真っ赤だ。

興奮を隠せずに、額には汗がうっすらと光っている。

（いいのか。小学五年生の前でチ×ポを晒すなんて犯罪だぞ）

「ふふ。お兄さんのいくじなし」

逡巡している博己を挑発するように千沙都は笑顔を浮かべると、両脚を揃えて高く持ち上げる。フレアスカートがまくれて、下着が丸見えになる。

裏返ったスカートを透かした光で白いジュニアショーツがピンクに染まっていた。

千沙都は両手をショーツの脇に滑り込ませる。

「いっせーの、せっ」

まるでお風呂に入るみたいにためらいもなく、小悪魔な五年生の下半身から下着が滑る。

「あううっ」

まる一日、少女の秘境を隠していた布が消えた股間に、博己の視線がズームする。

けれど千沙都はお尻の肉をぴったりと合わせたまま両脚を揃えて持ち上げているから、肝心の幼裂はちらりとしか見えない。

脱いだショーツが両膝の少し上に止まっている。

「ああ……千沙都ちゃん、もっと脱いで」

「だーめ。お兄さんも見せてくれなくちゃ」

いたずらっ子の妖精が博己に命じる。

下着の中で、臨戦態勢になった肉茎が自由を欲して暴れている。

「わ、わかったよ……」

相手が少女相手だからというためらいに加えて、博己は自分の性器にコンプレックスがある。

けれど千沙都の、きらきらと好奇に満ちた瞳に逆らうことはできなかった。

思い切ってジーンズと下着を一気におろす。

出番を待ちかねていた肉茎が、びいんっと姿をあらわす。

「きゃっ、やだ……大きいっ」

千沙都は目を丸くして、先走りまみれの勃起肉を見つめる。

(大きいって言われるなんてはじめてだ)

博己は少女の反応に驚いた。

平均に比べてもサイズはかなり小さい。

若いから勃起の硬さは十分だが、亀頭が小さくて棹は細身だ。

(ギンギンでも中指サイズなのに、千沙都ちゃんは驚いてくれるんだ)

会社を辞めた原因は同僚だった恋人にフラれたからだ。別れた理由のひとつがペニスの小ささだった。

同じ課で働く二歳上の彼女は博己とのセックスでは満足できず、博己もまた、挿入しても膣肉の締めつけが足りず、いつも射精にいたらなかったのだ。

セックスがうまくいかないまま仲がぎくしゃくし、別れが決まった。

ふたりだけのプライベートな問題で終わればよかった。

しかし課の連中が集まった酒の席で、博己の不在をいいことに、酔った元恋人は博己とのセックスがいかに味気なかったか、同性の同僚に愚痴ってしまったのだ。

博己が短小だという話題はすぐに広まった。

さらに彼女が別の後輩男性と二股をかけていたのもあとで知った。

後輩と恋人が結婚するにいたって、社内では博己を「短小のせいでフラれたかわいそうな男」という情けない扱いを受けるようになったのだ。

好奇と憐れみの視線に耐えかねたのも、会社を辞めた理由のひとつだ。

(粗チンなのに、千沙都ちゃんは感激してくれてる)

反り返った細身の武具に、千沙都が目を丸くしている。

「びっくりした。パパのと比べられないくらい大きい。とっても……かっこいいよ」

比較対象にしているのは、いっしょにお風呂に入った父親だった。平常時の性器に比べたら、小さめの博己の牡肉も立派に感じるはずだ。

自分のコンプレックスだった性器を褒められて嬉しくなる。

「ねえ、ひょっとして……あたしのパンツを見たから、大きくしてくれたの？」

博己の反応を探るみたいに、千沙都が尋ねる。

「う、うん……そうだよ」

「ふーん。パンツよりも、その中が好きなのかと思った」

少女は謎かけをするように、意味深なまばたきを繰り返す。

(パンツの中、だなんて。千沙都ちゃん、なんてエッチな子なんだ)

揃えて持ち上げた両脚に、化繊のショーツが引っかかっている。ぴったりと太ももを合わせているから、肝心の場所はまだスカートに隠れている。

「んふ……ねえ」

千沙都はいちごミルクのキャンディみたいな淡いピンクの唇をぺろりと舐めると、ノースリーブから伸びた腕で、ショーツをひっぱって床に落とす。

学校帰りの服そのままで、下着を一枚捨てる。それだけで客間の空気が桃色に染まるほどにエロティックな空間に変わった。

「くうぅ、千沙都ちゃんっ」

視線を落とすと、裏返った下着のクロッチが見えた。

うっすら黄色い染みがある。窓からの陽光できらりと光っていた。新鮮な幼蜜だ。

(五年生なのにエッチな液で濡れてる。興奮してるんだ)

自分と同じように、千沙都もいけない遊びの予感に花蜜をにじませていたのだ。

「パンツとあたしと、お兄さんは……どっちが好きかなあ」

いたずらっぽく、大人っぽく話そうとしているが、少女の声は震えていた。

閉じていた膝が開いていく。ピンクのフレアスカートが持ち上がり、太ももがあらわになる。膝下の白ソックスのつま先が緊張で丸まっていた。

細い指がスカートの裾をつまみ、えいっとばかりに大きくまくった。

「あああっ、千沙都ちゃんのエッチなところが見えたっ」

神聖な一本溝が、博己の前にあらわれた。

生クリームみたいにつるつるで甘そうな恥丘に刻まれたベビーピンクの陰裂だ。

「お兄さん、目が恐いよ……あっ、また上を向いた」

少女の秘谷を前にして、肉茎は限界まで勃ちあがる。

ルビー色の牡の穂先から、とぷっと透明な露があふれた。

「やだあ、大人なのにオシッコもらしてる」

「違うよ。これは……男が興奮すると出てくる液で……はうううっ」

博己は言葉を続けられなかった。

千沙都の人差し指が伸び、亀頭の先にちょんと触れたのだ。

「わっ、ヌルヌルしてる。オシッコじゃないんだ」

まだ性の知識もほとんどないだろう五年生少女は、小動物をかわいがるように指先でくりくりと亀頭を撫でる。

「ううぅ、気持ちいい。千沙都ちゃんの手が柔らかいよ」

透明な露を柔らかな指の腹で塗り広げられ、鮮烈な快感が肉茎を貫く。

「あうっ、ひはあっ」

「あったかい。つるつるしてる。お兄さん、くすぐったい？」

（五年生の女の子にヒイヒイ言わされるなんて）

下半身だけ裸になった博己が腰を引いても、千沙都の指は追いかけてくる。

「ひいいっ、千沙都ちゃん、ちょっとストップ。お願いっ」

「ダメ。お兄さんのこれ、ぶるぶるしててかわいいんだもん」

頬を真っ赤に染め、目を輝かせる千沙都は、指を三本に増やして、お菓子をつまむような手つきで亀頭を刺激してくる。

大の男が情けない声を漏らして悶（もだ）える姿を眺めて、実に楽しそうだ。

（この子、きっと将来、とんでもなくエロくなる。女王様の素質だよ）

「じゃあ……次は両手でいじってあげる」

ソファに浅く座り、立った男の亀頭を右手で責めながら、左手も伸ばしてくる。

目標になったのは無防備に揺れる陰嚢だった。

小学生の体温は高い。少女の手のひらが男の放熱器官でもある冷たい皺袋を包むと、まるで湯の中につけられたように思える。

「く……はああっ」

下半身がとろけそうな快感に博己はうめく。

「コリコリしてる……楽しい」

睾丸の重さとかたちを確かめるように五指が動き、やわやわと揉んでいる。

ペニスいじりに夢中になっている千沙都の脚は、いつの間にか大きく開いていた。

一本溝だった陰裂が左右に割れ、ローズピンクの粘膜口が見えていた。

少女の膣口だ。

汚れのない処女の洞窟はとても繊細で、ガラス細工みたいだ。

粘膜扉の縁は、透明な蜜で湿っていた。

(リカちゃんのオシッコオナニーとは違う。ほんとに愛液で濡れてるんだ)

博己の視線が自分の秘裂に注がれているのに千沙都が気づいた。

「お兄さん、いっしょに……」

少女は言葉を選びながらも、陰嚢と亀頭を撫でる手は休まない。誘い方に悩んでいるのだ。もちろん博己だって考えていることは同じだ。

「千沙都ちゃん、俺と……さわりっこをしよう」

博己の言葉に、千沙都はえへへっと心から嬉しそうに笑った。

3

（ついに、触っちゃうのか。小学生の女の子なのにっ）

大人として許されないロリータへの直接接触に、指が震える。

「あん……お兄さんがさわってくれないと……いじわるするよ」

千沙都は唇を尖らせると、手のひらで包んだ博己の陰嚢をぎゅっと握り、中の双珠をこりこりとひねる。

「あうっ、おおうっ、タマをいじめちゃだめだよっ」

男の急所を握られて焦る。

「勉強したの。この中に赤ちゃんの素がいっぱい詰まってるんだよね」

「く……ひいいっ」

睾丸をもてあそびながら、もう片方の手は亀頭をくすぐる。くちっ、くちっと先走りの汁を泡立てられる。男性を感じさせる知識や意志などなく、自分に備わっていない器官を面白がっているのに違いない。

「早く……お兄さんもあたしの……かわいがって」

十歳以上も年の離れた博己を促すように、ソファに座って脚を開く。

下着だけ脱いで、白いノースリーブやピンクのフレアスカートはそのままという姿がなんとも背徳的だ。

(リカちゃんのオナニーと同じポーズ……M字で見せてくれてる)

眼下数十センチにある少女の神聖な場所は、元恋人の女性器とはまるで違う。

セルロイドの人形みたいにつるつるだ。

ごく小さく、透き通るように薄い粘膜の蕾が左右対称に割れており、その中心にローズピンクの可憐な姫口が待ち受けていた。

「さわって、いじって」といいたげにふわりと咲き、処女蜜できらきらと光っている。

博己の指は吸い込まれるように、ふにっと柔らかな秘境に届く。

「あんっ」

勝ち気な少女が、今までとは違う、甘えた声を漏らす。

縦割れの亀裂は頼りなく繊細なのに、とても温かい。

(もしもあったかいソフトクリームがあったら、こんな感じかな)

ちょっとでも力を入れすぎたら、すぐに崩れてしまいそうだ。

縦溝を人差し指でなぞる。

「は……あっ、じくじくするぅ」

敏感な場所なのだ。

博己は陰唇の縁に指を這わせて反応をうかがう。

「ん……ふ。じぶんでなでるのと、ちがうね」

潤んだ瞳が博己の顔を見上げる。甘えんぼうの子猫みたいだ。

「へえ。自分でいじることもあるんだ？」

「知らないっ」

博己の問いに、千沙都はハッとした様子で顔を赤らめ、ぷいと横を向いた。

（ひみつノートにエッチなイラストをたくさん描いてたもんな。オナニーも大好きな子なんだろう）

未成熟なロリータパーツから快感を引き出してあげたい。自慰よりも気持ちいいと言ってもらいたい。

中指も加えて、二本の指で膣口の左右をフェザータッチで撫でてみる。

（すごく柔らかい。どんなふうに触ったらいいんだ）

大人の女性なら、クリトリスを刺激したり、膣口に指を挿(い)れて内側を擦ったりと、昔の恋人に教えられたテクニックを使える。アダルト動画で視(み)た女優たちも、激しく指や玩具を使っていた。

けれど、千沙都の陰唇は博己の指先に隠れるほど小さく、か弱い。強く擦ったりしたら壊れてしまいそうだ。

(そうだ。リカちゃんのオナニーのやり方をまねしてみよう)

隠し通路からのぞいた、三年生のリカの自慰は指先だけを使っていた。

まだ陰部の発毛どころか、生理さえ来ていなさそうな少女への愛撫は、くすぐるようなものがいいのかもしれない。

リカの自慰を思い出し、濡れた幼膣を隠すように左右の陰唇を二本指で挟む。

「っ……ふ」

千沙都の、まだ子供っぽいあごが、くんっと上を向いた。

「ん……あんっ、指ではさまれるの、好きぃ」

甘い悲鳴を漏らす喉が震えている。

立っている博己の目では確認できないほど小粒なクリトリスや膣口は、直接よりも陰唇でくるんでから愛撫するのがよさそうだ。

(リカちゃんはオマ×コの脇を刺激していたな)

女性に対して使うテクニックではあまり聞かない、姫口の左右、大陰唇のくぼみを指でなぞってみる。なにもない場所だ。

「は……んんっ、くすぐったいけど、ムズムズするぅ」

千沙都は反応している。どうやら未発達な性器は直接触れる愛撫には耐えられないようだ。

(まわりから、オマ×コに振動を伝えるようにすればいいのか)

大陰唇ごと姫口や陰核を包んで、ごく軽く揉んでやる。

「は……ひんっ、あたし……どうなってるのおっ」

肉茎をつかむ手に力が入った。体育で鉄棒を握るみたいにぎゅっと締められる。

「千沙都ちゃんはエッチな場所をいじられて、いやらしくなってるんだよ」

博己の指は少女の弱点を探りながら、アーモンドを包んだみたいな縦長のふくらみをリズミカルにタップする。

「ん……ああんっ、ひとりでするよりきもちいいよぉ」

薄い陰唇の中からくちっ、くちっと水音が聞こえてきた。

姫口を花蜜が濡らしているのだ。

「千沙都ちゃんは、いつもこの部屋でエッチなことを考えながらいじってるから、すぐに濡れちゃうんだね」

「いやぁん……みんなにはナイショなのにぃ」

ショートカットの髪をぶんぶん振りながら悶える小さな身体から、太陽を浴びて乾いた土の匂いがする。体温がさらにあがって、学校で一日、元気に動いた証拠がエキスになってたちのぼっているのだ。

博己の指で閉じた五年生の陰裂から、とろりと透明な露が垂れた。

（感動だ。こんなにあどけない女の子が感じてる）

東京で付き合っていた年上の元恋人との、ルーティンみたいなセックスとはまるでちがう。数ミリの小さな動きでも、千沙都の反応が変わる。

（楽器みたいだ。少し動かしただけで、とってもエッチな声で泣いてくれる）

「は……あんっ、お兄さんの指で、あたし、泣かされちゃうよぉ」

目の縁を潤ませる少女の反応が新鮮でたまらない。

千沙都の両手に握られたままの肉茎もびくっ、びくっと震える。

先走りを垂らす牡肉に少女が顔を向ける。

「あーん、動いてる。お兄さんも、触られると気持ちいいの？」

少女の湿った吐息が亀頭に温かい。

「ううっ、そうだよ。千沙都ちゃんに握られて、チ×ポが喜んでるんだ」

小さな手で肉軸を絞られる快感が新鮮だ。

「あたしも気持ちいい。ちょっとだけオシッコの穴の上をクリクリして」

千沙都が、すがるような視線を向けてくる。

(オシッコの穴の上……なるほどクリトリスってことだな)

博已は陰唇両側に添えた指を、秘裂の上流に滑らせる。極小の突起があるはずだが、触感ではわからない。

「うう……ちがうの。もっと上の、じんじんするとこ」

千沙都はもじもじと腰を振って、ピンポイントの愛撫を求める。

(なにもかも小さくて……オマ×コだって指先だって入らない太さだ。クリトリスの位置なんてわからない)

そっと秘裂をなぞっていると、千沙都はもどかしげに首を振り、肉茎の根を握っていた左手を、博已の手の甲に重ねた。

快楽の泉の場所を自分で教えようというのだ。

「もっと上……ああん、お兄ちゃん……はああっ」

博已がようやく小粒を見つけると、次は千沙都の細い指がくにくにと動いて男の手のひらを恥丘に導く。人差し指と薬指が陰裂を閉じさせ、そして中指が包皮ごと極小の雛尖をくすぐる、三点責めが欲しいようだ。

「ひ……ひんっ、ああ……ゆっくり動かしてぇ」

かん高い声が客間に響く。

開脚でソファに座った千沙都の股間に手を差し入れる。

博己の手の甲に重なった五指が、指の動かし方を教えてくれる。

秘裂でリズムをとるように中指を叩く。

「はっ、はあ……ああん、好き……いじられるの、好きぃ」

フレアスカートを乱した細い腰がくねくねと踊る。

(俺は千沙都ちゃんのオナニー道具だ。ああっ、またエッチな液が)

博己の動きに合わせて、透明な蜜がちゅぷっとあふれてソファの革に染みる。

大人の女とは違って、花蜜はまったくの無臭のようだ。

愛撫の速度をあげると、はぅんとかわいらしいうめきを呑み込んで、首を振る。

「だめ……変になるぅ」

小さな身体が震え、ノースリーブからあらわになった肌から、甘ったるい香りが漂いはじめる。

(イキそうなんだ。小学生なのに俺の指でイッてくれるんだ)

嬉しくなって、博己はさらに丁寧に包皮を上下させる。

「ん……あああ、なんかくる。きちゃうぅ」

びく、びくと膣口が収縮するのが伝わってくる。

「怖がらないで。力を抜いて」

二本の指で優しく幼膣を挟み、粘膜の谷に隠れた雛尖を中指でくすぐってやる。

「はーんっ、はひっ、あうんっ」

もう言葉にならない。

肉茎を握った指が放れた。

千沙都は先走りにまみれてぬるぬるの手で、自分の口を隠す。

（イク顔を見られたくないんだな）

フレアスカートを盛大にまくった腰がソファの上で暴れる。

「んーっ、ひっ、ひあああん、お兄さぁん……ひいんっ」

びくっと膣口が収縮し、閉じた陰裂からぬるぬるの幼蜜が垂れる。

（イッてる。小学生の女の子のイキ汁だっ）

手で押さえた唇から、つうっとよだれが落ちた。

「ひ……ん。はあああ……っ」

はじめて他人の指で絶頂した少女は天を仰いでびくりと身体を痙攣させる。

ぎゅっと閉じたまぶたの端から涙の粒がこぼれる。

「くうっ、千沙都ちゃん……かわいいよ」

はあ……はあと運動したあとみたいに吐息を漏らす少女の耳は真っ赤だ。

しばらくして、千沙都はうーっと子犬が威嚇するみたいにうめいた。

「は……あぁ。あたしだけ、エッチにさせて、ずるいよ」

ウイスキーボンボンに酔ったみたいに顔を紅潮させて博己を見上げる。

「お兄さんにも気持ちよくなってほしい。あたしにやりかたを教えて」

先走りにまみれた指が、張り詰めた亀頭にからんでいた。

4

(ノートにチ×ポの絵を描くくらい興味津々だったたんだ。本物に触りたくてたまらないんだな)

はじめて触れた勃起に、最初はおっかなびっくりだった千沙都だが、だんだんと動きが大胆になっていく。

「ああ……千沙都ちゃん、もっと前後に動かして」

博己は小さな手に自分の手を重ねて、肉茎をしごかせる。

「ええ……？　痛くない？　折れちゃわない？」

思っていた以上に牡肉を強く握らされ、少女は目を白黒させる。

「いいんだよ。思い切り動かして」

少女の手で握られた肉茎で垂れた先走りが泡立ち、じぷっと淫らな音を漏らす。

博己は数時間前にリカのオナニーをのぞいて射精している。

乾いた精液の放つ、独特の臭気すら千沙都には興味の対象らしい。

すん、すんと鼻を鳴らして、牡臭い肉茎から漂う熱気を吸い込んでいる。

「ふあ……楽しいよぉ。エッチの勉強がこんなにおもしろいなんて」

M字に開いた細い脚のあいだから、ちゅぷ、ちゅぷと水音が聞こえる。

(手コキしながらオナるなんて、好奇心のかたまりみたいなエッチむすめだ)

いけない遊びに夢中の千沙都は、右手で牡肉を握り、左手は、さきほどまで博己に愛撫されていた陰裂を触っている。

男の前で自慰をする恥ずかしさよりも、自分の快感に素直なのだ。

たっぷりと絶頂の蜜を漏らした早熟秘裂から、くっちゅ、くちゅとオナニー音が聞こえてくるのがたまらない。

「ううっ、もっと脚を開いて。僕にオマ×コを見せて」

「ふーん。ここ、オマ×コっていうんだ。知らなかった」

幼女オナニーを鑑賞しながら手コキを教える成人男性。罪深い行為だからこそ、博己は高ぶる。

「そうだよ。千沙都ちゃんのかわいくてエッチなオマ×コだ」

客間に響く声がうわずっている。

博己が教える動きは自慰と同じだ。肉茎をぎゅっと握り、前後にしごく。

だが、自分の手と肉茎のあいだに少女の手が挟まっていると、快感は段違いだ。

しなやかな指の関節と、大人よりもずっと高い体温。そして男性器への興味と恐れがないまぜになって、逃げようとしてみたり、握り直してみたり。

「あたしのはオマ×コ。お兄さんのこれは……なんていうの？」

とぼけているのか、ほんとうに知らないのか。博己は少しいじめてみたくなった。

「パパや弟はなんて呼んでる？」

発見した「ひみつノート」には弟と入浴中に勃起させようとしたと書いてあった。

「……おチ×チン、かなぁ」

ひし形に開いた唇から、澄んだソプラノで卑語が吐き出される破壊力に、肉茎がぴんと背を伸ばす。

「もっと言って。今、千沙都ちゃんは何をしてる？」

「あーん、わかんない」

横に首を振る。自慰を男に見られるより卑語を口にするほうが恥ずかしいらしい。

「ほら……言って」

少女の唇から、いやらしい俗称を聞きたくてたまらない。

博己が腰を突き出すと、しごかれる牡槍の先端と千沙都の顔の距離は二十センチほどまで縮まった。もう牡肉の熱気を鼻先で感じているはずだ。

「う……おチ×チンを握ってるの……」

吐息が亀頭に染みる。

びりびりと肉茎の根が痺(しび)れる。

もともと短小の上に早漏なのが、東京の恋人にフラれるきっかけのひとつだった。けれど、今はそんな堪(こら)え性のない性器も気にならない。

少女の手で、一秒でも早く射精したい。

小悪魔っぽくふるまっていたくせに、イラストにまで描いていた勃起肉を握らされたら、とたんにとろんと目を潤ませた。

（もうすぐだ。もう……出るっ）

好奇心いっぱいの少女に、射精を見せつけたくてたまらない。

肉茎の奥で、二発目の白濁弾は準備万端だ。

「く……ああっ、もっとエッチなことを言ってごらん。きっと……千沙都ちゃんも気持ちよくなるから」

博己の誘いに困ったように眉を寄せながらも自慰の指は止まっていない。

エッチ大好きな女の子は、唾液できらきらと光る唇をゆっくりと開いた。

「おチン……おチ×チンを握って、動かしてるの。おチ×チン、硬い」

ちゅるり、ちゅっとカウパーまみれの手しごきを続けながら、千沙都は淫らな単語を並べてくれる。いたずら好きでエッチな妖精だ。

柔らかなロリータハンドが、きゅっと最後のひと絞りをしてくれる。

下腹の奥で、男の快感が爆発した。

「く……ああっ、限界だ。出るよっ、千沙都ちゃんの顔に……どくどく出るっ」

「え……ええっ、なにを出すのっ」

はじめて聞く射精宣言に千沙都が目を丸くする。

「くううっ、千沙都ちゃんっ」

どっ、どぷぅっと白濁が弧を描いた。

二発目だというのに、強烈な発射だった。

「お……あああっ。小学生に……ザーメンをかけてるっ」

肉茎が根元から持っていかれるような快感に加え、あどけない少女の顔に濃厚な精液をぶっかけるという背徳感がたまらない。

「あーん、熱い。変なの来たよぉっ」

射精など知らない千沙都は顔をそむける余裕もない。

ショートカットの黒髪に、艶やかな額に、そしてキュートな鼻に、どろどろの男汁が浴びせられる。

「あううぅ、お兄さんの……ボッキから、変な液が出てるぅ……」

なにが起こったか自覚していない千沙都は斜め上に顔を向けていた。もろに牡液を受け止めてしまう。

「熱い……ああ、ヘンな匂いだよぉ」

ぷりっとした唇が開くと、白濁クリームが流れ込む。

「んーっ、んんっ、苦い」

口の端から、唾液で薄まった精液がたらりと落ちた。

「はっ、ああ……でもこの匂いを嗅いでると、エッチになっちゃう」

青草みたいな精液臭が少女に芽生えつつある女の生殖本能を刺激するのだろうか。

無毛の股間に当てた指の動きが激しくなる。

「あっ、ああ……あたしも、ヘンになるぅ」

ちゅっ、ちゅぶ……ちゅっ。

処女のトロ蜜が陰裂を伝う。

びくんと千沙都の全身が硬直して、やがてがっくりとソファに崩れ落ちた。

顔に精液を浴びたままのオナニーで絶頂したのだ。

「はぅ……お兄さん、すっごくドキドキだった」

ソファに背中を預けたまま、白濁まみれの顔に笑みが浮かぶ。

「お兄さんのこと、みんなにも……ホーコクしておくね」

細い指が、さくらんぼみたいな唇に白濁をぬりこめる。

「んふ。でもやっぱり苦くて臭くて、とってもマズい」

唇に残った精液をぺろりと舐めた。

第三章　おもらし少女の取り調べごっこ

1

三年生のリカの自慰をのぞき、少女たちの秘密の遊び場である客間で千沙都との相互オナニーで射精を浴びせてから一週間。

博己は大叔母から借り受けたバラ館の見取り図を書き終えた。

驚くことに、この館の一階には隠し通路が張りめぐらされ、ほとんどの部屋に最低でも、ふたつののぞき穴が目立たないように設置されていた。

客間には薪ストーブの通風孔だけでなく、壁にかけられた油絵のフレームにも巧妙に穴があけられていた。

ふだんはまったく使われていない客用の寝室には、ベッドの下に人が入れそうな隠し部屋まであった。

あきれたことに、トイレにまでのぞき穴があったのだ。

大叔母が残していた館の歴史を調べていくと、どうやら初代の持ち主である戦前の女性実業家は、政治家や軍属の知人も多く、この館では極秘の会議や、ときには暗殺者に狙われた政治家を匿って（かくま）いたらしい。

隠し通路やのぞき穴は、客たちの会話や行動を見張り、女主人の身を守るための設備でもあったようだ。

（でも「ひみつノート」の女の子たちは、のぞかれるなんて知らないんだよな）

千沙都の顔に浴びせた精液を拭いてやると、少女はいたずらっぽい笑顔を取り戻して「また遊びにくるね、もっとエッチの勉強をしたいから」と宣言した。

小学生相手に発情するなどありえないという常識など残っていない。頭の中は千沙都のかわいい恥裂とピンクの姫口、そして甘ったるい体香でいっぱいなのだ。

けれど、待っていても「ひみつノート」に淫らなイラストを描くのが大好きな五年生少女はやってこなかった。

千沙都以外の少女は、新たな管理人となった青年を警戒しているのかもしれない。

博己は二階の自室で資格の勉強をしながら、常に気もそぞろだった。

(んっ、今日こそ千沙都ちゃんが来てくれたかな)

小さな足音が聞こえたので、出窓から階下の様子をうかがう。

真上から見えたのは、深い緑のベレー帽だった。

館を囲む庭の一角、庭掃除の道具を収めた物置の影に座っている。

日も当たらない、暗くてじめじめしたエリアだ。

(千沙都ちゃんじゃないな。でも、女の子だ)

丸いベレー帽と白いブラウス、そして紺色の吊りスカートを穿いている。

山の頂上にある、小中一貫の私立校、ドナマリア学園の制服だ。良家の娘たちが集う名門学園として知られている。

リカや千沙都が通う集落の公立小学校とは違い、学区外からの児童が多い。

帽子とリボンタイの色が学年をあらわしているはずだ。

緑のベレー帽が前後に揺れる。

(なんだろう。植え込みの花を眺めてるのか)

博己は窓をそっと開く。木枠がキイッときしんで、下に座ったベレー帽の少女がびくんと動いた。

窓枠の音に反応したのではなかった。

「あーあ、舞衣の悪事、発見しちゃった」

館の裏手から、別の少女があらわれた。

二階から顔はわからないが、座っている少女と同じドナマリア学園の制服を着ている。こちらは茶色のベレー帽で背が高い。

「お外でおトイレをするなんて、初等部の最上級生として見逃せないわ」

新顔少女の言葉に博己の動悸が速くなる。

(最初の子が、館の庭でオシッコをしたのか)

問い詰められる緑ベレーの少女は顔を伏せる。

「ち……違います。これはあの、おもらしじゃなくて……」

しゃがんでいたのは放尿のためだったのだ。

「ふふ。うそつき。舞衣はお外で、誰かに見られる想像をしながら、あったかいオシッコをじゃーって出していたんでしょう? 五年生にもなってヘンタイなんだから」

茶色ベレーの少女は、お嬢様らしい澄んだ声だ。自分が最上級生といっていたから、彼女は六年生で、緑ベレーのおもらし少女は五年生らしい。

「……紗英さま、ああっ、見逃してください」

上級生を下の名前に「さま」付けで呼ぶのも、ドナマリア学園の伝統だと聞いた。

「だめよ。パンツを脱いでしゃがんでいるじゃない。舞衣の足もとにできたお池は何かしら」

紗英、そして舞衣という名前に覚えがあった。

（「ひみつノート」に出てきた女の子たちだ）

紗英は書き込みでも小学生たちの質問に答えたり、性的なアドバイスをしていた達筆の少女だ。

博己がこの館に集まる少女たちの存在を知るきっかけになった、三年生のリカにオシッコをがまんしてオナニーすると気持ちいいと教えたのも紗英だったはずだ。

緑ベレーの舞衣は紗英のお気に入りの後輩だった。ノートにはふたりのじゃれ合いみたいなやり取りが書き込まれていた。

「うう……おトイレに行こうとしたけど、間に合わなくて……ごめんなさい」

茶色ベレーの紗英はかがんで、後輩のあごをつかんでクイッとあげさせた。ああんと舞衣が悲しそうな吐息を漏らす。

「お尻の下の水たまりに鼻を寄せて嗅がせるわよ。しつけのなっていない子犬は、そうやってトレーニングをするの。舞衣もしつけてほしい？」

子犬にトイレの場所を覚えさせるための訓練のやり方だ。

「……うう。もうしわけありません」

小学生なのに「ごめんなさい」ではなく、ていねいな口調。お嬢様学校ならではの言葉遣いだ。

「お外でオシッコをしたのを誰かに見られたら……一生恥ずかしい思いをするわね」

館の一階には広いトイレがある。もちろん大叔母の言いつけに従って、出入りは自由だ。「ひみつノート」でやり取りをしていたふたりが知らないはずはない。

「中にいらっしゃい。あなたが大好きな、取り調べごっこをしてあげる」

「ああ……紗英さま……」

舞衣が絶句する。けれど、声には甘えが混じっていた。

下級生の野外おもらしを詰問する紗英も、本気で怒っているのではなく、舞衣を追い詰めて楽しんでいる。男子児童のヒーローごっこや刑事ごっこみたいな、ふたりにとってのイメージプレイらしい。

「さあ、おトイレで取り調べよ……早くしなさい。自分のオシッコを嗅がせるわよ」

しゃがんだ後輩をうながす。

舞衣は小水を拭く余裕もなく下着を穿きなおし、よろよろと立ち上がった。

ちらりと顔が見えた。

おっとりした優しそうな雰囲気で、一重の目や鼻、唇まですべてのパーツが小さい。

美しい仏像を思わせる、和風の上品な顔立ちだ。

そんな少女が、庭で放尿し、湯気とアンモニア臭に顔を赤くしていたと思うと、博己は興奮する。

「ああ……恥ずかしいです」

濡れたショーツが気持ち悪いのか、舞衣は内股で紗英に従う。

(お嬢様たちの取り調べごっこか。見逃せないぞ)

博己は部屋を飛び出すと、足音を立てないように、しかし少女たちに見つからないように、急いで一階に下りる。

トイレの裏に通じる隠し通路の入り口は、古いタイル張りのバスルームにある。

壁にはめ込んである大きな鏡の下をぐっと押すと、回転扉になっているのだ。

通路の中はとても狭く、立っては歩けない。

湿った空気がこもった暗い穴を前かがみで進むと、小さな光が差し込んでいる。

いつごろ改装されたものかはわからないが、トイレはちゃんと水洗だ。

便器は和式だが、個室のドアに向かって座る設計になっている。珍しい向きだ。

（変なつくりなのも、のぞき穴を作るためだよな）

しゃがんで用を足す目の前に不自然な通風孔があるのをごまかすためだろう。

興奮で荒くなる息を抑えて、博己はのぞき穴に顔を寄せる。

（う……うわああっ）

あやうく叫んでしまうところだった。

目の前にあるのは、さきほどの少女の下半身だった。

隠し通路に入るのに手間取っているあいだに、もうトイレに入っていたのだ。

淡いピンクの、キャラクターがプリントされたショーツが足首にからまっている。

丸っこい、まだ肉づきも足りない少女のお尻はぱっくりと割れて、後ろ向きに陰裂を晒している。

博己の視線の前には、すみれ色の肛門がある。

（お嬢様で、小学五年生なのに、お尻の穴がひくひくしてるっ）

日焼けしていない真っ白な丸ヒップの谷間に、きゅっと埋まっている幼肛は、浅い溝が放射状に並んでいて、中心がぷくっと、ビワの実の尻みたいにふくらんでいる。

とてもかわいくて、排泄器官だとは信じられない。

「は……あううぅん」

和式便器にしゃがんだ五年生の舞衣がつらそうにうめき、薄紫の皺と、肌色のグラデーションで飾られたお尻の穴がひょこっと尖った。

「ほら、いつもみたいにオシッコを出すところを見せなさい。取り調べよ」

トイレのドアを背にして立ち、腕組みしているのは、六年生の紗英だ。

(すごく、大人っぽい子だな)

優しそうで、ふわふわした印象の舞衣に対して、紗英は二重の目がくっきりとしていて、鼻筋が通っている。

唇はキッと真一文字でいかにも気が強そうだ。

とはいえ、驚くほどの美人なのは間違いない。都会の学校に通っていたら、毎日のように芸能界のスカウトに声をかけられるだろう。

胸元までとどく髪は見事な黒髪で、完璧にセットされている。

お嬢様学校の児童なのだから当然かもしれないが、裕福な家の生まれだろう。

「お庭でもらすだなんてまるで出来の悪い小犬ね。どうしておトイレでしないの」

白いブラウスに紺色の吊りスカート。そして六年生の学年カラーである茶色のベレー帽とリボンタイという姿で、和式便器にしゃがむ後輩を眺めている。

「ああ……だって、紗英さまがオシッコをのぞきたがるから……」

博己から舞衣の顔は見えない。肛門を突き出して座る後ろ姿の下半身だけだ。

「ふふ。そうね。でも……いちど出しちゃったから、もうがまんできないでしょう？」

言いながら、紗英は便器の前に座る。

「ほら……ぴくぴくしてる」

脚を開いてしゃがむ後輩の、無防備な股間に紗英の指が沈んで開く。

通風孔からのぞく博己は、はじめて舞衣の陰裂の全容を見た。

2

恥毛はまだ生えていない。真っ白な雪原に桃色の亀裂が刻まれていた。

いそぎんちゃくみたいに尖った幼肛の向こうに、オレンジがかったピンク色の陰唇が重なっている。洋菓子みたいに鮮やかな薄襞が合わさった神秘の膣口だ。

「はううっ、だめ……いじらないでください。ああっ」

四方を壁に囲まれたトイレに、舞衣の悲鳴が反響する。

紗英の指は割れ目の前端を這っていた。

極小の尿道口の奥、陰裂の端でぷっくりと尖った生意気なクリトリスだ。

「んはああっ、だめえ。もまないでくださいぃ」

庭で少し放尿してから、ずっとがまんしていたのだ。軽い刺激でも舞衣の膀胱(ぼうこう)は震え、尿道は開いてしまうはずだ。

「これはイジメじゃないの。オシッコを出しやすいように手伝ってあげるのよ。ほら、まき散らしなさい。すっきりするわよ」

舞衣が懇願しても、紗英は唇の両端を軽く持ち上げて微笑むだけだ。

「は……ひいいんっ、紗英さまぁ……ああ、がまんできません」

極小の陰核を潰された瞬間、ぬちっと尿道口が開く音が聞こえた気がする。

続いて、舞衣の悲痛な声。

「あ……ひいっ、だめです。出ちゃう。出ちゃうぅ」

ち……ちいっと水滴が和式便器に落ちた。

続いてしょおおおっと恥知らずな音を立てて、レモンイエローの液体が斜め下に向かって垂れる。

ダミーの通風孔に顔を寄せる博己の耳の中にも、いやらしい水音が反響する。

(ああっ、床までオシッコまみれにしてる。悪い子だ)

大人用の和式便器を小柄な五年生がまたぐには、膝を開かなければならない。

男とは違ってまっすぐにコントロールするのは難しいらしく、庭のスプリンクラーみたいにオシッコが回転しながら飛ぶ。

「う……く、音が大きいの、だめぇ」

女の子にとって、勢いのある放尿は恥ずかしいのだろう。

博己は通風孔に顔をぴったりと当て、少女の放尿を見つめる。

懸命に尿道を絞ろうと力を入れるたびに、目の前で幼肛がふにふにと収縮する。ぷわりと排泄穴がふくらんで、一瞬だけ、内側のピンク粘膜まで見えた。

キュウリにも似た、新鮮な尿臭が漂ってくる。勃起が下着を濡らす。

「ほら、がまんしていたから脚の内側にもかかっているわよ」

正面から放尿ショーを鑑賞する紗英があざける。けれど、舞衣が尿をコントロールできないのは、六年生の先輩が陰核を指で刺激しているからだ。

ピアノやフルートが似合う紗英のしなやかな指にも湯気の立つ飛沫がかかる。

「あーん、ごめんなさい。紗英さまのお指を汚してしまって……」

舞衣の放尿は長く続いた。

「はーっ、はああ……ああ」

大好きな先輩にオシッコを見られた少女は、便器にまたがって息を荒くする。

「たっぷり出したわね」

紗英の手には白いハンカチが握られていた。

「足首から……太ももまで、こんなに汚して、しょうがない子ね」

後輩の下半身を濡らした尿の痕跡を、シルクのハンカチで拭いていく。

「あーっ、だめです。汚いですっ」

「バラ館の決まりでしょう？　使ったら元よりもきれいにするって。舞衣がいつも言ってるじゃない」

お嬢様はハンカチで、便器の縁や、床までも拭いてしまった。

「あーん、あーん。ごめんなさい。紗英さまにそこまでさせて……」

舞衣は泣き顔になる。

紗英はハンカチをたたみ直すと、最後に濡れた陰裂にそっと当てた。

「あら……ぜんぶ出し切ったはずなのに、まだにじんでくる。弱いオシッコ穴ね」

純白のシルクに、薄黄色の液体が染みていく。

「ひんっ、恥ずかしい……ごめんなさいっ」

紗英の目がきらきらと光っていた。

「舞衣の大好きな、書斎の椅子で続きをしましょう」

（急いで移動するぞ）

各部屋の隠し通路は独立している。

（書斎ののぞき穴に行くには、客間のクローゼットから入るんだったな）

トイレにいた舞衣が連れ出されてから、博己はしばらくバスルームで待ち、ふたりの少女が書斎に入るのを確認してから、古いクローゼットの奥の板を押した。

キイイッと予想外に大きな音がして身をすくめる。

けれど、隠し通路の奥から、きしみをかき消すようにふたりの声が響いてきた。

「あっ、いやぁ……恥ずかしいですっ」

「舞衣は恥ずかしいのが大好きでしょう。おっぱいをこんなに尖らせて……」

「ひーん、はじくのだめっ。はんんっ、紗英さま、いじめないでぇ」

「あらあら、わたしの制帽を落としたらおしおきよ」

隠し通路の奥から、あやしい会話が聞こえてくる。ふたりの少女は、すでにいけない遊びに没頭しているようだ。

防音されているわけではないから、博己は足音をしのばせて進む。

「くうん……おねがいです。リボンをほどいて」

「だめよ。舞衣はすぐに手でかくしてしまうんだから」
博己は書斎の中をうかがえる、横長の四角い穴に顔を当てた。
壁際にある、大きな置き時計の台座にのぞき穴があるのだ。
(おおっ)
正面の椅子に、舞衣が座らされていた。
艶やかな黒髪に乗っているのは茶色のベレー帽。紗英のものだ。
(なるほど。身動きして落としたら、先輩の帽子を汚すことになるのか)
先輩に心酔する舞衣が、暴れないようにしている。
椅子の前では白ブラウスと吊りスカート姿の紗英が、膝立ちで作業をしていた。
博己の視線が紗英の背中でさえぎられ、椅子に座る舞衣の姿が隠れている。
(紗英ちゃんが邪魔で、舞衣ちゃんの裸が見えないよ)
「ほら、できた。すてきな格好よ」
まるで博己の心の声が聞こえたように、紗英が身体をどかす。
「はあ……恥ずかしいです」
舞衣が身につけているのは上級生のベレー帽と、学校指定の白無地ソックスだけ。
(うおおっ、五年生のヌードだっ)

背もたれの高い大きな椅子に、裸で座らされている。

しかも左右のひざと手首をひとまとめにして、ひじ掛けに制服のリボンタイで縛られているのだ。

右は緑、左は茶色。学年をあらわす細いリボンタイに気がつかなければ、舞衣が進んで自分の脚を内側から腕で押し広げているように見えたろう。

五年生の裸身は第二次性徴を迎えて肩や腰にふっくらした丸みが加わりつつある。

箱入りお嬢様らしく、肌は磁器のようにつるつるだ。

乳房もごくわずかだが、ふくらみはじめていた。

左右に平たいひし形の乳首は色こそまだ淡いが、ぷっくりと尖っている。大人になる準備で乳頭が発達しはじめているのだ。

恐ろしく背徳的な景色だ。

「エッチな胸をかわいがってあげる」

椅子の脇に立った紗英が、ふくらみかけの乳房を手のひらで包む。

「あんんっ、いやぁ……ひりひりします」

成長期の少女は乳腺が張ってとても敏感で、軽く触れただけでも痛いと聞いたことがある。だから、ジュニア用のブラジャーの裏地は柔らかく作られているとか。

「ひ……いいんっ」

ぷくんと腫れた乳首を、紗英の指が滑る。

「胸はふくらみはじめで、まだつらいかしら……ほかの場所で遊んであげる」

「ひんっ、おなかも、だめですっ」

子供から大人になりつつある身体は、どこも敏感らしい。紗英の指が胸を通り過ぎ、下腹を撫でただけで縛られた裸身が硬直した。

「そんなに嫌なら、なぜ濡らしているの。ほら、正面の鏡を見て」

紗英の命令に舞衣がまぶたをあける。

のぞき穴越しに目が合って、博己はドキリとした。

書斎の姿見は置き時計の隣にある。だから、まるで舞衣が隠し通路の博己に緊縛された姿を見せつけているように錯覚する。

「ああ……恥ずかしい。どうしてキラキラしてるの」

無毛の雪原に刻まれた桃色の渓谷から、雪解け水のように花蜜がにじんでいた。

正面の鏡に映る自分の陰裂に、舞衣がとまどって眉を寄せる。

「ああっ、紗英さまに触られると、身体がじんじんして……」

（ちっちゃなオマ×コの縁から、透明なトロトロがあふれてる。オシッコを見られて、

縛られて興奮したのか。まさか、五年生でマゾなんてありえるのか)

第二次性徴を迎えるはるか前から、女児の膣は刺激を受けると粘膜を保護するために潤むようにできている。そして、幼くても陰核や陰唇は敏感だ。小学校にあがるまえから、無意識に自慰をする少女は少なくないと聞く。

男児だって精通するのは第二次性徴期だが、その前からペニスから快感を得られるのと同じだ。

「オシッコがちゃんと拭けたか、確認してあげる」

紗英の指が恥丘にさしかかると、舞衣はひじ掛けに拘束された手足を暴れさせる。

「ほんとうは期待してるんでしょう？ いつもならちょっと触る程度だけど、今日は……舞衣を、おかしくなるくらい気持ちよくするね」

紗英の目は切れ長の二重で、白目の面積が大きい。天性の女王の目つきだ。

「う……ああっ、紗英さま……はああん」

白ソックスだけの裸体で脚を開いて拘束された舞衣が、唇を噛んで頭を振る。

茶色のベレー帽が落ちそうになり、あわてて首を持ち上げる。紗英さまの制帽を床に落とすわけにはいかないのだ。

(美少女ふたりの緊縛ショーをかぶりつきで見られるなんて、夢みたいだ)

博己は隠し通路にかがんで、美少女たちの秘密の遊びを見つめる。

紗英の指がしなやかに恥丘を滑り、桃色の陰裂に沈んだ。

「熱いわ。くちゅくちゅして、わたしの指に吸いついてくるのね」

小さな爪を大陰唇の縁でカリカリと擦っている。繊細な少女同士の行為だ。相手の身体の傷つきやすさを知っているのだろう。

「ん……はあぁ」

優しく愛撫されて、舞衣が甘える子犬みたいに鼻を鳴らす。

六年生の指が二本に増え、狭い少女の谷を上下する。

「ほーら、ツンってとがってきた。舞衣のクリちゃんって、元気なんだから」

中指で姫口の縁を撫で、人差し指と親指で未発達な種を掘り起こしている。

「ひんっ、はああっ、びりびりします。ああん、紗英さまぁ……っ」

「オシッコを出した、ちっちゃい穴まで感じてしまうのね。エッチな子」

クリトリスをいじりながら、指の腹で尿道口を撫でているようだ。

「ひゃあん、オシッコの穴……どんどん弱くなっちゃう。ダメです」

「いつも舞衣はダメっていいながら、最後はエッチな声を出すじゃない」

(ふたりとも、はじめてじゃないんだな。すごい世界だ)

勃起が下着を濡らして気持ち悪い。下半身を脱いで自由にしてやりたいが、少女たちの禁断の行為から目をそらしたくない。

紗英の指遣いは巧みだった。ときに忙しく、ときにゆっくりと、敏感な真珠をくすぐり、まだ青硬い膣道ではなく、ぷにっと柔らかく咲いた花びらの縁をなぞる。

「んふぅ、はあ……んっ、恥ずかしい声がでちゃう。紗英さんのいじわるぅ」

悶える五年生の身体が汗で光る。黒髪からのぞく耳は、ルビーみたいに真っ赤だ。

「クリちゃんをサワサワすると、お尻の穴がキュッて締まるのね。ふしぎ」

紗英は残る片手で舞衣のひざをつかむと、ぐっと開かせた。

まるで博己が伏せたのぞき穴に向かって、薄紫の窄まりを見せつけているようだ。

ひくついているのは肛門だけではない。

「ぐっしょりね」

愛撫で赤みが増した陰唇はぱっくりと開き、内側から透明な露を垂らしている。

「女の子の穴が、お尻の穴といっしょにおしゃべりしてるみたいに動いてるわ」

閉じていたときは一本の線みたいな割れ目だったのに、快感を与えられつづけるうちに舞衣の姫口はほころんでいた。

ピンク色の花弁の内側に、オレンジのグラデーションに溶けた膣口がある。花の断面図みたいに複雑で、すべてのパーツが繊細だ。

舞衣は真っ赤になった顔を隠したいのだろう、脚といっしょに縛られた手がひじ掛けの端で宙をつかむように暴れる。

「あーん、見ないでくださいっ」

「紗英さまに、わたしのエッチなところを見せたくない。嫌われちゃう」

泣き顔を見おろす紗英の中指が、姫口に浅く埋まる。

舞衣がのけぞり、わずかにふくらんだ乳房を振り回すように上体を回す。

「嫌わないわ。だってあなたがあんあん叫ぶ顔、大好きだもの」

「あっ、ああ……だめぇ。おかしくなるっ」

黒髪が乱れ、頭に乗っていた茶色のベレー帽がぽとんと落ちた。

「わたしの帽子を落として……おしおきね」

宣言と同時に、紗英の指責めが激しくなる。

「あーん、ごめんなさい……はひぃいっ、紗英さまのお指が、中であばれるぅ」

くちゅっ、ちゅぷっ。

少女の膣道が、歓喜の涙を流す音が博己まで聞こえてくる。

「くひぃいんっ、熱いの。ああう。紗英さまにいじめられて、へんになって」

天を仰ぎながら少女があえぐ。両手がひじ掛けを握り、白ソックスのつま先がぎゅっと丸くなる。

「教えたでしょう。そういうときは……なんていうの？」

紗英の中指はさらに深く、第二関節まで埋まった。同時に親指で雛尖を潰す。

激しい愛撫を受ける膣穴の下で、垂れた花蜜にまみれた肛門がきゅっと収縮する。

「ひ……ひん、イク……イクです。イッちゃいますぅっ」

舞衣のよだれまみれの唇からは、小学生とは思えない淫語が飛び出し、先輩の指を受け入れた膣口からは、花蜜がだらしなく垂れ落ちる。

「ほひ……ひいいっ、イキます、紗英さまにイクとこを見られちゃう」

（小学生なのに、エッチなイキ顔をするんだ）

博己の牡槍が下着の中でびくんと脈動する。

ひとしごきもしていないのに、早漏の肉茎は濃厚な精汁を漏らしはじめていた。

「いいわ……イキなさい。わたしの前でイッちゃいなさいっ」

紗英の命令に従って、拘束された少女は椅子ごと倒れる勢いで痙攣する。

「ひーいいっ、イキますぅ。はああっ、恥ずかしい……もっと見てくださいっ」

（たまらない。ロリっ娘の変態レズは最高だっ）

舞衣の絶頂と同時に、博己は下着の中でどろどろと精を放つ。

「あはは、いやらしい。もっと、イク顔をよくみせるのよっ」

「は……ひっ、だめぇ……出ちゃうぅ」

膣口で暴れる紗英の腕に向かって、小水が弧を描いた。絶頂のショックで尿道が緩んでしまったのだ。

「あーん、ああんっ、イッてるぅ……ごみぇんなさぁいぃ……」

甘えんぼうの口調で悶える唇からピンクの舌があらわれ、ちろちろと踊っていた。

3

(のぞいてただけで射精するだなんて)

服を着たまま、濃厚な男の露を漏らしてしまった。

下腹がぬらついて気持ちが悪い。

早漏と短小を理由にフラれてしまった苦い思い出が蘇(よみがえ)る。

だが、自己嫌悪にひたっている余裕はない。

のぞき穴の向こう側、書斎の椅子では、小学五年生と六年生のお嬢様による秘密の行為が続いているのだ。

「今日こそ舞衣に……してほしいな」

後輩の拘束を解いた紗英が、立ったままスカートのホックを外す。

制服の紺スカートをすとんと落とし、白いブラウスだけの姿になる。

大人っぽく見えるが、ブラウスの裾からのぞくショーツはピンクのストライプで、かわいいクマのキャラクターがプリントされていた。

(やっぱり子供だな。でも……オマ×コのスジがくっきり刻まれて、エロいよっ)

太ももには脂がのりはじめ、つやつやと光っている。

「ああ……紗英さまの肌、きれいです……」

さきほど紗英の指で絶頂を得た舞衣は、板張りの床にぺたんと座っている。全裸に白ソックスという、なんとも煽情的な姿でうっとりと先輩を見上げる。

一学年しか違わないのに大人びている紗英は、ブラウスを脱ぐ仕草もなまめかしい。

(おおっ、これがジュニアブラってやつか)

六年生のバストを隠していたのは、大人向けのブラジャーとは違い、柔らかな布で未発達な乳腺を守る、グレーで無地の下着だった。

カップ付きのキャミソールの下を切ったような地味なデザインが、かえって少女の裸体の尊さを強調している。

まだ丸っこい肩から鎖骨のくぼみにかけて、日焼けの跡があった。学校指定のワンピース水着のシルエットが残っている。

（グラビアなんかよりずっと刺激的だ）

六年生の紗英は身長百四十センチ以上はあるだろう。けれど腰のくびれはまだなく、ピンクのストライプショーツで隠れたお尻は小さな弧を描いている。

「うふ。誰かに見られながら脱ぐの、わりと気持ちいいね」

猫背になって肩のストラップを外す腕は、やはり緊張で震えている。

ジュニアブラがゆっくりと紗英の身体から滑り落ちた。

（はああっ、紗英ちゃんのおっぱいっ）

「ああ……紗英さまの胸、大人っぽい……」

舞衣がうっとりと目を潤ませる。博己もまったくの同意見だ。

バストはサイズこそ小さいものの、シルエットはすっかり大人だ。

舞衣の乳首はひし形に潰れ、ふくらみかけの乳房の頂点で隠れようとしていた。けれど、紗英の乳房は手のひらサイズにふくらんでいる。乳首はすでに成人女性に近づいていた。ぷっくりと乳頭が丸くふくらみ、その周囲を同心円状に囲む乳輪は淡い桜色で、まるで和菓子みたいにおいしそうだ。

白ソックスを脱いだ紗英が身につけているのは、キャラクターのショーツだけだ。

「最後は、舞衣が脱がせて」

紗英は命じると、舞衣を拘束して責めた椅子を引きずって回転させた。

（ああっ、椅子の向きを変えられたら、俺からは何も見えないぞ）

六年生の少女の裸体は背もたれに隠されて、博己からはまったく見えなくなる。

ショーツ一枚で椅子に座った紗英の前で、全裸の舞衣が床に膝をつく。

「はい……あっ、紗英さまのパンツもわたしと同じで、ぐっしょり……」

「もたもたしないの。指じゃなく、お口で脱がさせるわよ」

小学生女王様が命じている。

博己だったら、むしろ口で咥えて下着を引きおろしたい。

「は……ああっ、脱げました……きらきら光って、きれいです」

紗英の姿は背もたれで隠れているが、椅子の前にひざまずいた舞衣の顔は隠し通路からも見える。先ほどとは立場が逆転している。ふたりはお互いにサディストになったり、マゾヒストになったりと交代して楽しんでいるのだ。

真面目そうな一重の目は、まっすぐに上級生の幼裂に向いている。

舞衣が唇を舐めたのを、紗英は見逃さなかった。

「触るより……キスしたいのかしら？　ふふ。わたしも……興味はある、かも……」

紗英は後輩奴隷にクンニリングスを促す。秘密の行為を重ねてきても、ふたりはまだ指だけの関係らしい。

「囚われのお姫様みたいに縛られるのも楽しそうね。舞衣、わたしの手と足をリボンで結わえて。そうだわ。目隠しもしてちょうだい」

女王様は自分で拘束を命じる。

「は、はい……」

好奇心旺盛な女王様の言いつけどおり、舞衣は制服のリボンで紗英の手足をひじ掛けに固定していく。

（縛られた生意気美少女……くうっ、なんで椅子を反対に向けたんだ）

のぞき穴からは、しゃがんだ舞衣の裸身が見える。

五年生の汚れなき白い裸体。それはもう宝石のように貴重なのだが、舞衣が小水を漏らして絶頂する過程をつぶさに観察した今は、攻守交代で責められる、女王様気質の紗英の姿を見たくてたまらない。

続いて舞衣は、ふたりのハンカチをつないで、紗英に目隠しを施した。

「ふふ……何も見えないってドキドキするわ。ねえ。忘れているんじゃない？　わたしのハンカチ、あなたのオシッコを拭いたのに。まだ湿っているわよ」

「ああっ、紗英さま、ごめんなさい……きゃっ」

あわてて舞衣が立ち上がろうとして、ソックスを履いた足を滑らせた。

（おっ、だいじょうぶか。ぶつけなかったか）

博己は思わず顔をのぞき穴に押しつける。

「あ……ああっ」

転びそうになって伏せた舞衣の表情が凍った。

置き時計の台座にあいた不自然な穴の中で光る、博己の目に気がついたのだ。

（しまった。見つかった）

博己はあわててのぞき穴から顔を離したが、もう遅かった。

舞衣は叫びそうになった口を手で押さえ、そしてふらふらと立ち上がった。

思春期を迎える少女にとって、異性に裸を見られるだけでもショックのはずだ。それどころか、紗英との秘密の遊びを窃視されていたのだ。

（まずい。バレたぞ）

きっと紗英に、変な男がいると伝えてふたりで逃げるだろう。

バラ館のからくり通路から、怪しい成人男性に秘密の遊びをのぞかれていたなど、心に深い傷ができてしまう。

だが、舞衣のショックは、博己が想像した以上だったらしい。思考停止したみたいに立ち尽くしてから、ようやくはっと気がついて乳房を腕で隠す。

股間の無毛恥裂は丸出しなのも、まだ男女の行為をよくわかっていない証拠だ。

「い……や……ぁ」

舞衣は山道で猛獣に鉢合わせしたみたいに、視線をのぞき穴に向けたままじりじりと椅子を離れる。

サイドテーブルに畳んであった服を抱き、無言であとじさりする。

(どうするつもりなんだ)

博己は隠し通路から遠回りして客間に戻ると、舞衣の姿を探す。

書斎に続くドアが静かに閉まる。

振り返ると、舞衣が無表情のままブラウスを羽織り、吊りスカートのホックも留めずに立っていた。脱ぎっぱなしのキャミソールやショーツを丸めて抱いている。

「あっ、あの……これは」

どう言い訳をすべきかわからないが、少女にトラウマだけは与えたくない。

ただの、館に間借りしている、大叔母の親戚なのだ。これは不幸な事故なのだと説明しようと一歩近づく。

「いや……近寄らないで」

少女の唇はわなわなと震え、目は涙ぐんでいた。

「……ごめんなさい。おうちに、勝手に入って……うう」

壁伝いに出口に横歩きしながら、舞衣は少しずつ離れていく。

間合いを詰めては逆効果だろう。

怖くないよ、と伝えようと博己は腰をかがめたが、無駄だった。

舞衣は泣きそうな顔でダッシュすると、玄関に置き去りになっていた革の学校指定バッグをつかんで飛び出してしまった。

「あ……ああ」

博己だけが取り残された。

いや、もうひとりが館に取り残されている。

なるべく足音を立てずに客間に戻る。

「……舞衣、どうしたの」

目隠しになっているのは白いシルクのハンカチだ。

姿は見えなくても、ドアが開いて誰かが来たことは判別できるだろう。
（これは……ううっ、どうしたら）
博己は椅子に正対する。
まるで芸術品みたいに美しい少女が裸で縛られている。
「ねえ……焦らすなんていじわるよ」
手首と膝に巻きついたリボンがきゅっと鳴った。
スクール水着のかたちに日焼けした裸体が目の前にある。
「はやく、続きをして」
博己のことを舞衣だと思いこんでいるのだ。
紗英は座面に置いた脚をぐっと開いてみせる。
「じくじくして、たまらないの。触って。ねえ……聞いてるの」
子供から女になりかけの胸は陶器みたいに艶やかだ。
のぞき穴から見たときよりも、乳首がツンと尖っている。
（興奮しながら待っていたんだ）
自分が願ったとおり縛られたまま放置されていたせいで、高ぶっている。
カモメの羽根みたいに、Ｍ字に大きく持ち上げた脚のあいだには、博己がのぞきたくてたまらなかった、六年生お嬢様の陰裂があった。

(ああ……毛が)

六年生の恥丘には、数本のごく細く、短い和毛が散らばっていた。第二次性徴の証だ。博己がこの館で見たリカや千沙都、そして舞衣のように無毛の時期は生まれてから十代の初頭まで続く。

大人の陰毛はアダルト向けの動画や画像でいくらでも鑑賞できる。けれど恥毛が生えかけの時期はほんの一瞬で、多くは他人の目に触れずに終わる。はかなくて貴重な景色だ。

外光を浴びて縮れた毛の一本一本が、博己の理性を壊し、脳を桃色に痺れさせる。

(紗英ちゃんのオマ×コ……六年生マ×コっ)

縦割れの果肉はきらきらと光っていた。

4

「いじわるね。触ってくれないとわたし、舞衣のことが嫌いになるわよ」

シルクのハンカチで目隠しをされた少女は、唾液で濡れ光る唇を尖らせた。

（絶対バレる。五年生の女の子と大人の男じゃ、体格も顔の大きさも違うんだ）

頭ではわかっている。けれど理性で性欲が収められるなら、世界中で性犯罪は起こらなくなる。

高ぶりの極限にいる男は、野獣と同じだ。

精液を漏らした下着の中で、肉茎がふたたび沸騰して湯気を立てている。

祈りを捧げるように、博己は椅子の前に膝をついた。

神々しい洞窟と顔の距離が縮まっていく。

「は……あんっ、息がかかるだけでも……ドキドキするわね」

恥丘に楚々と生えた数本の春草が揺れる。

磁石にひっぱられているようだ。

薄い貝肉を思わせるオレンジがかった未発達な陰唇に挟まれて、いちごミルクみたいに甘そうな、薄ピンクの膣口が咲いている。

姫口はむきたての白桃みたいにみずみずしく、粘膜の内側に光源が埋まっているように輝いている。

「うふ……舞衣に近くで見られるの、嫌いじゃないわね」

熟しきらないメロンを思わせる甘い匂いが、極小の膣口から放たれている。

頭が痛いほど血流が速い。

(舞衣ちゃんのふりをしても、太い指で触ったんじゃすぐにバレる)

視線を脇にずらせば、制服のリボンでひじ掛けに縛られた細い脚が震えている。

ソックスを脱いだ裸足(はだし)はとても小さくて、薄ピンクの爪はかわいらしいガラスのおはじきみたいだ。

きゅっと丸まった六年生の足に誘われて、博己はつま先に吸いついてしまった。

「ひゃんっ、いたずら……だめっ」

まさか足の指を舐められるとは予想していなかったのだろう。目隠しされた紗英はきゃんきゃんと鳴く。

しっとりと湿った指の股に舌を滑り込ませる。

(紗英ちゃんの汗の味……しょっぱくて、かすかに苦くって)

溶けかけのアイスキャンディを吸うように親指をすすってみる。

大人よりも体温が高く、新陳代謝が活発な少女の足の指は複雑な味わいだ。

博己は唇を足先からふくらはぎへと進めようとした。

「違うのっ。はやく……もっと、エッチなところを……」

見上げると、紗英がぷうっと頬をふくらませていた。

脚をみずから大きく広げ、きらきらと輝く恥谷を突き出している。

恥裂の中心に咲く姫口どころか、薄いミルクココア色の窄まりまで丸見えだ。

（紗英ちゃんが刺激してって頼んでるんだ）

幼い性器は、まだ後輩の舞衣の指しか知らないはずだ。

博己は覚悟を決めた。舞衣のふりを続けるのだ。

（こんな美少女を味見できるなんて、一生で二度とないんだ）

舌を思い切り尖らせると、透明な露に輝く小粒な花弁にキスをした。

「はんっ」

ほんのひと舐めしただけで、紗英がのけぞる。

舌先に、じんわりと処女の塩味を感じた。

ちろりと膣襞にそって舌を這わせる。

（なんて柔らかいんだ）

舌が当たっただけで、溶けてしまいそうなほど頼りない陰唇だ。膣口から漂う湿気は柑橘みたいに甘酸っぱくて、かすかに真夏の海の匂いも混じっている。

（おいしい。紗英ちゃんのオマ×コ、うっすら塩味の六年生マ×コっ）

思わず口走りそうになるのをこらえて、舌を姫口にあてがう。

「ん……にゃっ」

子猫みたいな甘い声が博己の頭上から降ってくる。

(クリトリスを直接刺激したら、まだ痛いのかな)

バラ館に越してきて、リカのオナニーをのぞき、千沙都を指で絶頂させた。

紗英と舞衣のレズビアンプレイも見学したから、少女たちの感じるポイントが大人とは違うことを学んでいる。

クリトリスが埋まっている、豆の莢にも似た包皮を、尖らせた舌でとん、とんと軽くノックする。

「ん……ひっ、舞衣……そんなの、いつ覚えて……あああっ」

昔の恋人へのクンニリングスは顔や舌を上下に動かし、クリトリスや膣口、そして膣道まで、別々に愛撫したものだ。

けれど、小学生の性器はすべてが小さい。

大きめに開いた唇の中に陰裂のほとんどが入ってしまう。

吐息で姫口を溶かすように温め、極小の雛尖に当てた舌を小刻みに震わせる。

「ん……はあ、あったかい。包まれてるぅ」

強い刺激よりも優しい愛撫がお気に入りらしい。

「んっ、ああん……すてきよ。気持ちいい……」

十数本の絹糸みたいな和毛が揺れる恥丘越しに見上げると、手のひらサイズの乳房の先で、桜のつぼみみたいな乳首がフルフルと尖っている。

硬さを確かめたくてたまらないが、大人の指で触れれば、すぐに秘密の谷間を舐めている相手が後輩の少女ではないと見破られてしまうだろう。

博己は舞衣になったつもりで優しく、舌で愛でるように陰核への愛撫を続ける。

「あーん、これ、ぜったいクセになるぅ」

白いハンカチで目隠しした紗英の唇が開き、無防備な笑顔を晒してくれる。

隠し通路からのぞいていたときには女王様のように高慢で、相手の少女を蔑むような笑みを浮かべていた。けれど自分が責められる立場になると、とたんに甘くとろけた、子供の表情に戻るのだ。

(なんてかわいい生意気っ子なんだ)

包皮に埋もれた雛尖に隠れるように、針の穴ほどの尿道口がある。

舌先をずらして尿道口を守る粘膜の盛り上がりを突く。

「ああん……オシッコの穴をちろちろされるの、恥ずかしいのに……エッチだよぉ、もっと」

ほんの小さなパーツなのに敏感なのだ。

朝から下校までのあいだに、何度くらいトイレに行ったのだろうか。陰裂には少女のまろやかな塩味が残っていた。

「あーん、びりびりして……はあああっ」

尿道口の周囲にも快感のポイントがあるらしい。

「はんんっ、ぺろぺろされて……頭がぼーっとするぅ」

後輩を責めていた大人びた態度とは違う、甘えんぼうの女の子になって、甘酸っぱい匂いを振りまく陰裂をくいっと突き出す姿がたまらない。

自分の射精や快感よりも、今は紗英が感じる表情を一秒でも長く見つめていたい。

そして、快楽に揺れる少女の裸体を目に焼きつけたい。

(紗英ちゃん、紗英さまっ、もっと、もっと気持ちよくなってて)

聖少女に尽くす愚鈍な奴隷になったつもりで、博己は舌を動かす。

尿道口の隣では、甘美な姫口が咲いている。

少女はいつか男性を受け入れて大人の女になり、やがては母になるかもしれない。

けれど今の膣口はとても狭く、出産するための穴だと教えられても少女には理解できていないだろう。

舌を細く尖らせて、さらさらの花蜜をすくうように陰唇の内側を舐め続ける。

「ああん……じぶんでするよりきもちいい。もっと、たくさん舐めて」

舌を激しく動かし、天然の少女果汁を強く吸いたくなる気持ちを抑え、ごく弱く、繊細なガラス細工を扱うように唇をスライドさせていく。

「あーんっ、すごく上手よ。おなかの奥が熱くなって……っ」

白い水風船みたいなお尻が、革椅子の座面でくねる。

「ひ……はああっ、だめ、あおおんっ、おんっ、おおんっ」

姫口の下端、膣道に続く粘膜の段差が強く感じるらしい。

舌先よりも唇で圧迫したほうが紗英の声は大きくなる。

「ひん、ひいん……続けて。なんかくる、きちゃうぅ」

博己はアヒルみたいに口を尖らせ、上唇で姫口の縁を押す。

「はああっ、こわいよぉ。こわいのに……感じちゃう」

薄い花びらは紗英の花蜜と博己の唾液で湿り、垂れた雫はもっとも恥ずかしい窄まりまで濡らしている。

大理石の彫像みたいにどこも滑らかな裸体の奥で、排泄の小孔がひくついているのが信じられない。無意識のうちに博己の唇も動いていた。

浅い放射皺に飾られた少女肛門に舌を当てる。

「あひっ、だめえええ、汚いでしょうっ」

焦っても、手足は拘束されている。

（汚くなんかない。紗英さまのお尻の穴、永遠に舐めていたい）

声が出せたらどんなに楽だろう。

（お尻の穴もオマ×コもすごくきれいだから）

すっかり奴隷少女になった気分で、きゅんきゅんと収縮する少女の排泄孔を舌先で撫でる。もちろん、姫口に当てた上唇を優しく動かすのも忘れない。

博己の頭を挟んで、汗で濡れ光る太ももが暴れる。

「だめ……だめだめだめぇえええええっ、ひゃん、熱い。おかしいの。あたまがキューンって、あひ、ひいいいんっ」

ソプラノの絶叫が書斎に響き渡る。

膣口からあふれた花蜜が唇を濡らす。

「飛んでく。わたし、浮いちゃう。あーんっ、ああんっ、ひん、ひぃんっ」

びくん、びくんと姫口の奥が痙攣しているのが唇から伝わってくる。

（イッてる。お嬢様が俺の舌でイッてるっ）

感激のあまり、博己は舌を緩んだ肛肉にもねじこむ。

薄いコーヒーみたいに控えめな苦みと、ぴりりと鋭い粘りスパイス。

(ああ、紗英さまのお尻の味。俺しか知らないんだ)

一瞬遅れて、博己の顔に温かな飛沫が浴びせられた。

「はーんっ、ちからが、はいんないぃ……っ」

絶頂のあまり、尿道口が緩んだのだ。

少女のエキスを煮詰めたみたいな、温かい小水を浴びながら博己は幸せだった。

(一生の思い出になるぞ)

ふと横を見ると、激しく暴れたせいで、紗英の手足を縛った制服リボンが緩んでいた。もう拘束は解けているのだ。

(まずい。早く逃げよう)

博己は音を立てないようにそっと立ち上がる。

少女の尿を浴びた胸から上は痺れている。

「ねえ……」

かすれた声で呼ばれ、博己は思わず振り返った。

「あっ」

ハンカチで作られた目隠しがずれ、二重の片目が博己の顔を見上げていた。

見知らぬ青年に性器を舐められたと知って、少女はどんなにショックを受けるだろう。体温が一気に下がる。

「これは……ち、違うんですっ」

乱れた服のまま情けない顔であとじさりするしかない。

少女の視線は、博己の全身を焼く。

「ねえ、お兄さん……」

プリンみたいに柔らかそうな唇から、絶頂のよだれがあふれた。

「ご……ごめんなさいっ」

頭の中が真っ白だ。

博己はつんのめりながら客間を飛び出した。

後ろから、少女に何かを言われた気がする。

けれど、もう聴覚もおかしくなっていた。

博己は館の正面にある停留所についたバスに飛び乗った。

(ああ、とんでもないことをしてしまった)

ようやく落ち着いたのは、ふもとの駅にバスが着いてからだった。

第四章　ブルマを濡らすスポーツ少女

1

バラ館に、少女たちが遊びにこなくなって一週間近くなる。
今までは博己が気づかなくても、誰かがやってきた形跡は毎日のようにあった。
この館の一階は、彼女たちの秘密の楽園だったはずなのに。
博己の頭の中は、紗英との許されない行為でいっぱいだった。
(ものすごいショックを受けたんだろう)
自分の行為が紗英のトラウマになったら、取り返しがつかない。
千沙都に誘われての相互オナニーや紗英への拘束クンニリングスなど、少女の聖域を侵してしまった。それが広まって館に立ち入らなくなったのかもしれない。
最初は後悔ばかりだったが、数日たつと疑問にかわった。紗英はそもそも、自分の相手がずっと舞衣だと思いこんでいたのだろうか。

　拘束されてのクンニリングスとはいえ、自分より年下の少女と、成人した男の区別はつきそうだ。実は相手が館の二階に越してきたばかりの博己だとわかっていたのではないか。

(もしかしたら、ヒントになるかも)

思いついたのは「ひみつノート」の存在だった。

　少女たちの本音が書きつらねてあるはずだ。

　博己は客間に行き、少女たちが綴った交換日記を探したが、いつも隠してある場所には見当たらない。

(そういえば……どうして舞衣ちゃんは物置の脇でオシッコなんかしていたんだ)

紗英とのオシッコ遊びを目撃したのは敷地の中でも暗い、建物の裏だった。用事がなければ行く場所ではない。

　博己は館の裏口から外に出た。

スチール製の物置の戸を開く。園芸用品の乾いた土の匂いがこもっていた。

さびたスコップや古びたロープ、いつのものかわからない肥料袋に混じって、いかにも不似合いな、カラフルなスチール缶が棚に置いてある。

博己でも知っている高級な洋菓子の缶だ。ほこりもかぶっていない。

ふたをあけると思ったとおり「ひみつノート」がしまってあった。

前回読んだときよりも、数ページも書き込みが増えている。

新しい書き込みの最初はリカだった。

「となりのおへやにだれかいた？　イジイジをみられてはずかしかったリカ」

隠し通路から自慰をのぞいた日のことだろう。どうやら幼いリカは、のぞいていたのが引っ越してきた博己だとはわからなかったようだ。

「リカちゃんは、はずかしいひとりエッチが大好きだから、見られてうれしかったんじゃない？　紗英」

からかうような口調は、この館に集まる小学生たちのリーダー的な紗英だ。

しばらくは他愛もないコメントが続いていた。

「二階のお兄さんに会いました　千沙都」という短い書き込みにドキリとする。

館ではじめて言葉を交わした五年生と、相互オナニーのあげく、かわいらしい顔に濃厚なザーメンを浴びせてしまった。

当然のように紗英をはじめ、別の少女たちが「どうだった?」「わたしたちのこと、バレそう?」と、さまざまな字で質問が押し寄せている。

「いい人だったよ。楽しいものを見せてもらっちゃった　千沙都」

この「ひみつノート」に男性器や勃起が見たいとイラストまで描いていた少女の意味深なコメントに、他の娘たちからの質問が集中しているが、千沙都からの返信は、

「お兄さんにメーワクをかけたら悪いからナイショです」とあった。

ページをめくると、ブルーのフェルトペンで書き込みがあった。

「二階の人にわたしも会いました。ちょっとかわいいね。楽しくなりそう　紗英」

(よかった。紗英ちゃんが怒ったりショックを受けたりはしていなさそうだ)

後輩の舞衣とのレズプレイをのぞき、さらに拘束されている紗英の性器と肛門を舌と唇で刺激して絶頂させた記憶が蘇る。少なくともトラウマになったり、男性恐怖症になったりはしていないようだ。

紗英のコメントにかぶせるように、小学生とは思えない達筆の細字が続く。

「紗英さまはそういうけど……私は二度と会えない。恥ずかしいです　舞衣」

敬愛する上級生に和式トイレでオシッコを鑑賞され、裸に剝かれて性器をいじられていたお嬢様が、震える手でノートに書き込む姿が目に浮かぶようだ。

（舞衣ちゃんは、俺にエッチな姿を目撃されて逃げちゃったからな）

ページをめくると、ピンクのメモが貼ってある。

「久しぶり。バラ館の決まりは知ってるけど、中学の部活がスランプだから、行ってスッキリしたい。レギュラー落ちしたら、ママにも怒られるし。このメモを理那に貼ってもらいます　奈緒」

奈緒というのは、はじめて目にする名前だった。

メモを託された理那の名は、ノートの力強い文字で覚えている。ペニスを生やしたいと、大胆な願いを書いていた少女だ。

（バラ館の決まりってなんだろう）

メモの下には他の少女からの返答が並ぶ。

「だめです。バラ館に入れるのは小学生だけ。ずっと続いてきた決まりです　舞衣」

「神崎先輩はここでの遊びが大好きだったから仕方ないけれど、やっぱり例外はまずいと思う　紗英」

「中学のバレー部ってきびしいんですか　リカ」

どうやら、この館にこられるのは小学生までらしい。集落の女性のあいだで伝えられてきたのだろうか。

（男子小学生の秘密基地とか、同じ廃屋にエロ本を捨てるとか、男の子にも不文律みたいなのがあったしな）

「やっぱりダメか。神崎先輩に伝えておくね　理那」

みんなの反対を読んだ、代理でメモを貼った少女のコメントがあった。

ついに書き込みのある最後のページだ。

「あーあ、テストやだな　リカ」

「テスト週間が終わったら、みんなで集まって、すごいことをしたいな　日奈子」

「私が日奈子をかわいがるから、絶対再テストにならないように。それにしても紗英さんは、ドナマリア学園でも学年トップなんでしょ？　どうしてなんだろ　理那」

「学校は違うけど、テスト期間中にはバラ館で遊ばないからだと思います　舞衣」

最後までノートを読んで、ようやくこの一週間、少女たちが姿をあらわさない理由がわかった。私立も公立も、学校がテスト期間なのだ。

（よかった。俺が嫌われたわけじゃなかった）

安心して笑みを浮かべてしまった。

最年長の紗英より十二歳も上なのに、博己は少女たちの行動に振り回されている。

恋人にフラれ、会社を辞めて引っ越してきたときは資格試験の勉強に集中できると思っていたのに、今では毎日少女たちのことばかり考えている。

ノートを洋菓子の缶に戻し、部屋に戻ろうと裏口のドアをあける。

「ゆ、許してぇ」

絞り出すような若い女の声が館の中から聞こえた。

2

「ああ、だめぇ。犯さないで。お願いっ」

助けを求めるうめきは、一階の奥にある客用の寝室からだ。

(なんだ。まさか……女の子が誰かやってきて、変な男に襲われてるのかっ)

博己の身体がかっと熱くなる。

「ああ、ふたりがかりなんて、ひどいっ、ああっ」

半開きになった客用寝室のドアから飛び込もうとした足が止まる。

もし男がふたりで少女を襲っていたら、喧嘩(けんか)が苦手な博己では太刀打ちできない。

そっとドアの陰から寝室をうかがう。

朝の健康的な光を浴びている、大きなダブルベッド。この館が大叔母の所有になってから、客が泊まる機会はないからマットレスにほこりよけの白いシーツをかけてあるだけだ。

ぴんと張ったシーツの上に少女がうつ伏せになっていた。

「あううっ、あたしがそんなに魅力的だからって、ひきょうものっ」

部屋にいるのは彼女だけだ。

白いTシャツと紺色のぴっちりしたショートパンツという格好で靴下も履いていない。太ももの付け根まで日焼けして小麦色だ。

「は……あああっ、汚いっ。しゃぶるなんてできない……むぐうっ」

他に誰もいないのに少女はマットレスに顔を埋め、くぐもった声で懇願している。

「おふうっっ、お口だけで許して。ふたりともなめますからぁ……んほおおっ、あそこはダメっ。彼だけのものなの……ああっ、硬いっ」

うつ伏せのまま尻を高くあげた少女の太ももはむっちりとボリュームがある。いかにも運動が得意そうな、筋肉のついた脚だ。カフェオレ色の日焼け肌が若い生命力を感じさせる。

膝にはピンクの細いチューブが巻きついていた。

ショートパンツの腰のあたりに、小さな白い名札が縫いつけてある。

スポーツウェアだろうか。ショートパンツは身体にぴったりとフィットしている。

（あっ、あれって昔の、ブルマってやつか）

昔の小中学生の体操用ブルマだ。二十四歳の博己は実物を見たことがない。

太ももを付け根まであらわにし、股間にも食い込むという煽情的な体操着。とっくに学校の現場では絶滅しているはずだ。

少女が身体をくねらせる。

白いＴシャツの裾がブルマのウエストから抜けた。

胸がかなり大きい。乳房のふくらみで伸びたシャツに布が縫いつけてあった。

「１０３　神崎美代（みよ）」と太い油性ペンで書かれた文字はかすれて薄くなっている。

ブルマと同様に、昔の小中学生が着ていた体操服だ。今ではストーカーや誘拐対策で、名前やクラスを服には書かないはずだ。

体操用Ｔシャツの、絞った袖口と丸い襟はブルマと同じ紺色だ。だいぶ着古されたらしく、白い生地はくたびれている。

（神崎美代……転入届を出した役所で聞いた記憶があるぞ）

ベッドの上でうつ伏せになった少女が脚と同じようにこんがり焼けた腕を伸ばし、股間をぴっちりと覆った紺色の生地を引きおろす。

下着はつけていない。

ブルマというのは下着の上から穿くはずだが、大きめのお尻は紺色の体操パンツを直穿きしていたのだ。

日焼けした脚とは対象的に、ボリュームのあるお尻は真っ白だ。

（うわっ、丸見えだっ）

距離があるので細かくは見えないが、健康的な脚の付け根から、肉厚の大陰唇がぷっくりとはみ出しているのはわかる。

「んむうぅ……ふむうぅ、ああっ、いやぁ。もうなめさせないでぇ」

少女が首までのセミロングの黒髪をかきあげた。ふっくらしたほっぺたとへの字の眉が印象的な、南国風の顔立ちだ。

大きく口をあけて、なにかをしゃぶっている。

厚めの唇が唾液でぬめ光っていた。

白い樹脂の棒だ。博己はそのかたちに見覚えがあった。はるか昔の記憶だ。

（あっ、縄跳びのグリップだ）

男子はブルー、女子はピンクのプラスチック製のビニールでつながれた跳び縄を使い、博己も小学生のときに練習した。

「ぷはぁ……ああんっ、許して。奈緒をいじめないでぇ」

跳び縄のグリップを吐き出した少女が、誰もいない壁に向かってせつなげに訴える。

ボーリングのピンを小さくしたようなグリップが唾液で光っている。

（ゼッケンに書いてある名前とは違うな……あっ、でも）

奈緒、神崎先輩。どちらも「ひみつノート」にあった、この館に来たいと書いていたメモの送り主の中学生だ。

小学生の子たちに拒否されたのに、このバラ館に朝からやってきたのだ。

うつ伏せの奈緒が脚を開いて尻をあげる。股布をずらしたブルマに跳び縄のグリップが迫る。

「は……あああん」

肉厚のラビアにグリップの端が触れたとたん、奈緒が嬉しそうに泣いた。

唾液まみれの樹脂パーツを肉割れにあてがい、上下させる。

「はひっ、ねとねとだよぉ……んんっ、ああ……犯さないでぇ」

樹脂の疑似ペニスを濡らした唾液が、陰唇で泡立つちゅっ、ちゅぷっという音が博己にまで届く。

「んぁ……いやあっ、口も犯すなんて……ひどい」

左手で濡れたグリップを股間にあてがいながら、右手で逆側のグリップをつかんでしゃぶりはじめる。

「んくぅっ、ふたりがかりで……はああっ、んむ、はんむぅっ」

跳び縄のグリップを二本の男性器に見立てて、男ふたりに襲われる想像にふけって自慰をしているのだ。

成長期の少女らしくふっくらした太ももや腕が昭和スタイルの体操服から伸びて、健康的な色気を感じさせる。そんなスポーツ少女が股間の肉裂をあらわにして、子供サイズの跳び縄グリップで紅色の姫口をこじ開け、淫らな姿を晒している。

(グリップを挿入してる。痛くないのか)

成人男性としては細い、博己の性器とほとんど同じ大きさのグリップが、陰唇をゆっくりと巻き込みながら、花蜜に濡れ光る膣口に沈んでいく。

(ノートの文面からすると中学生だよな。身体も大きいし、なんてエロい子なんだ)

痴態をのぞく博己の肉茎が、ジーンズの中で突っ張って痛い。

(ダメだ。一回ヌかないと、がまんできない)

スポーツ少女の自慰を鑑賞しながらしごきたい。博己はファスナーをおろした。

弓なりの勃起肉がびんっと飛び出し、ひたあんっと下腹を打つ。

平手打ちにも似た音は、想像以上に響いた。

「ひっ……誰かいるのっ」

ベッドの上で、うつ伏せオナニーに興じていた奈緒が悲鳴をあげる。

博己はあわてて逃げようとしたが、ジーンズが膝に引っかかった。

「うわっ」

情けない声といっしょに、わずかに開いていた寝室のドアに体当たりして、そのまま部屋の中に転がり込んでしまった。

「いやああああっ」

奈緒が悲鳴をあげる。

3

「悪かった。でも説明したように、俺は親戚からこの館の管理を任されているんだ」

「うう……わかったけど、ああん……最悪……」

乱れた白い体操着と紺色ブルマという、いまどきありえない格好の中学一年生が、古いダブルベッドの端に腰かけて、床に座った博己を見おろしている。

「あの……博己さんは、奈緒がここに来たって、みんなには話さないでくれるのね」

奈緒から見れば、自慰にふけっていたところへ、勃起したペニスをもろ出しにしてドアから転がり込んだ初対面の男だ。

信用させるために、自分の名前や素性どころか、つい最近会社を辞めたことまで話してしまった。

「かならず秘密にするよ。誰にも言わないから」

身長は百五十センチを越えているだろう。もう大人の体格だ。

思春期を迎えた女の子は、大人になるために急激に皮下脂肪が増える時期があると聞く。今の奈緒はまさにそのタイミングだろう。体操着のTシャツをつきあげる上向き思春期バストも立派なボリュームだ。けれど、涙ぐむ顔はあどけない。

テーブルの上にはスポーツバッグが置いてあった。畳まれた中学校の指定ジャージの下から、キャミソールタイプの下着と、水色のショーツがちらりと見えている。

体操着とブルマはこの部屋に入ってから着たようだ。

博己は唐突に、ゼッケンに手書きされた神崎美代という名前を思い出した。

「あっ……きみ、神崎美代選手の娘さんなのか」

十年以上前に全日本の女子バレーボールで活躍した名選手だ。

転入届を提出した役所で、長身の彼女が往年のバレーボールのユニフォームに身を包み「自転車はロックして守りは完璧！」というポスターが貼られていたのだ。美代はこの地方の出身で、選手引退後は実家の商売を継ぎつつ、子供たちにバレーボールを教えていると聞いた。

奈緒は中一にしては長身で骨格がしっかりしており、髪を伸ばしているが、中性的な雰囲気だ。母の遺伝だろう。

「ううっ、ママに知られたら……生きていけないっ」

奈緒は顔を両手で隠し、セミロングの黒髪を左右に振る。

「告げ口なんかしないよ。でも、どうしてママの体操着なんか着てるんだ」

「部活で、全然いい成績が出せないの。ママは中学の頃から有名で……だから、昔の体操着で気分だけでも盛り上げようと思って」

名選手だった母の体操着にあやかろうというわけか。

「でも、ダメなの。朝練だから寝なくちゃいけないのに、毎晩ウズウズして……部屋が妹といっしょだから、このバラ館でストレスを解消したくて」

言葉を選んでいるが、つまりは思春期らしく、性欲が抑えきれないのだ。

中一といえば男子なら一日になんども射精したくなる時期だ。

(女の子にだって性欲はあるんだもんな)

奈緒は成長が早く、ふくらんだバストとヒップはもう大人だ。子供から急激に女になりつつある身体が刺激を求めているのだろう。

跳び縄まで使った、芝居じみた妄想オナニーなど自宅ではとてもできず、小学校時代に秘密の遊び場にしていたこのバラ館で欲求を満たそうとやってきたのだ。

「あーん、やっぱり信じられない。奈緒だけ弱みを握られてるんだもん」

うつむいていた少女は、決心したように顔をあげる。

潤んだ瞳にドキリとする。厚くて柔らかそうな唇は男性器に見立てたグリップをしゃぶっていた。そして中一女子の唾液で濡れた擬似ペニスは姫口に浅く挿入されていた。

(思い出したら、また勃ってきちゃったよ)

奈緒を安心させようと床に座っていた博己のズボンに、少女の視線が向いた。

「大きくなってるよね。さっきと同じ。奈緒に興奮してくれてるってこと？」

「う……うん。まあね」

大の男が中学生に発情していると認めてしまった。

「じゃあ……博己さんの秘密も握っちゃえば、あいこだね」

ぷるんと艶やかな唇が開き、白い歯がきらりと光る。

奈緒はベッドに座ったまま腕を伸ばした。

「こっちに来て」

ベッドサイドに立つと、座った奈緒の顔の高さが博己の股間と揃う。

「えへ。大人の人のコレ……さっき、はじめて見たんだよ」

涙ぐんでいた目が、今はきらきらと好奇心に輝いている。

唇の端をぺろりと舐める仕草がかわいい。

(これは……誘われてるのか)

相手は中学生だ。どう応じていいかわからない。博己は無言でベッドの脇に立つ。

「うふ……奈緒も、みんなにはナイショにしてあげる」

汗ばんだ手が伸びてきて、ジーンズのボタンを外した。

「さっきはちらっとしか見えなかったから……」

「お、おい……いきなりっ」

「いきなりじゃないよ。小学校のときから、早く男の人のコレに触りたかった」

指に擦り傷が残っている。バレーボール部の練習はハードなのだろう。ゆっくりと
ファスナーをおろしていく。

ぶるんっ。

中学生に脱がされて性器を露出する禁断の行為だ。がちがちに勃起していた。

「すごい……真上を向いて、びくびく震えてる。先っぽが真っ赤になってる」

奈緒は目を丸くする。男性器を至近距離で見て、呼吸が荒くなっていた。

「じゃあ……博己さんの秘密を、握るね」

すがるような目つきのまま手を伸ばして肉茎に添える。

「……うっ」

肉茎を握られただけでうめいてしまった。

小学五年生の千沙都の小さな手で握られたときの衝撃を思い出す。奈緒もまた法律上は許されない年齢だが、感触はまるで違う。

中学生の手はふっくらとしているが、スポーツ少女だけに指の芯がしっかりできている。手のひらで汗がぬるりと滑る。

「気持ちいいんでしょ？　ここをぎゅって動かすと……」

男の生理を知らないリカとは違い、男を感じさせる方法を勉強しているようだ。

(俺がリードしたほうがいいか。奈緒ちゃんの好きにさせるべきなのか)

博己が動けないうちに、奈緒の顔がぐっと下腹に迫った。

はあっという温かい吐息が勃起の先で輝く亀頭冠に染みる。

「あのね……跳び縄でひとりでしたときみたいに、口を犯されてみたいの……」

奈緒はあーんと口を開くと、肉茎を半ばまで一気に咥えた。

「んおおっ」

いきなり、奈緒はむちゃあっと音を立てて肉茎の半ばまでしゃぶりついてきた。スタートから全開の情熱フェラチオだ。

思わず間の抜けた声をあげてしまった。

フラれた元恋人からフェラチオを受けたことはある。けれど、彼女は博己の性器のサイズに不満を持っていたせいか、いつも短時間で機械的な行為だった。

奈緒ははじめての口唇奉仕だというのに、たっぷりの唾液を亀頭にからめて優しく口中で転がしてくれる。

「んあ……ふうぅ、硬いよぉ。熱い……ヘンな形。たまんない」

「ああっ、奈緒ちゃん、いきなりっ」

じゅちゅっ、ちゅぷっ。

敏感な穂先が少女の舌に包まれる。

新鮮な唾液がどっとあふれてきたのを亀頭で感じる。

ちゅ、ちゅぱっと淫らな音といっしょに、唇の端からよだれがこぼれる。

瞳が蕩け、丸っこい小鼻が男の陰毛にくすぐられてひくついている。

夏の盛りにアイスキャンディをしゃぶるみたいに、ひと舐めずつ、舌で味わい、唾液で陰茎をふやかすようなフェラチオだ。

(なんてエッチな子なんだ)

「おん……あぅ、トロって出てくるぅ」

自慰を窃視しながらしごこうと思っていたのだ。先走りが肉茎からあふれる。

「あはぁ……びくって跳ねた。かわいい」

もし博己の肉茎が標準サイズだったら、中学一年生の目にはグロテスクに映っただろう。細身で亀頭の裾のめくれも小さい、少女向きのペニスだからこそ、奈緒は通りすがりの子猫をかわいがるみたいに余裕をもって遊んでくれる。

「く……ううっ、奈緒ちゃん、気持ちいいよっ」

くぽっ、くぽっと音を立てて、体操着少女の口をグロテスクな牡幹が前後する。勃起が少女の唾液で溺れる。

「んぷ……すっごく、硬いね」

「く……ううっ、少し休んでっ」

あと数ストロークで射精してしまいそうだ。

(こんなにエッチな子なら、もっと楽しみたい。がまんだっ)

自分に言い聞かせて下腹に力を入れる。

「あんっ……ぴくぴくしてる。お口の中が、博己さんの味になってる」

もう少しで射精するタイミングで、ようやく奈緒が唇を離してくれた。

「お布団で横になって。挿れてほしいの。だってずっと……跳び縄で練習してたんだもん……きっと、気持ちいいに決まってる」

スポーツ少女は欲求に素直だ。処女を捧げたいと望む瞳は妖しく輝いている。

「ああ、奈緒ちゃん……うれしいよっ」

博己は大慌てで裸になると、古びたシーツの上にあお向けになる。

牡槍がヨットの帆柱みたいにそびえている。

奈緒は実母の紺色ブルマをゆっくりと脱いだ。

下着なしで穿いていた運動着のクロッチがちらりと見えた。湿って色が濃い。

健康な成長期の少女らしい濃厚な獣臭がふわりと広がる。男の本能をくすぐる、野性味たっぷりの桃色フェロモンだ。

4

「はああ……奈緒、ついにエッチしちゃうんだ。大人になるんだ……」

興奮に頬を染めながら、少女がこくんと喉を鳴らした。

むっちりと肉感的な上半身は体操着のTシャツのままで、下半身は裸だ。こんがりと小麦色の脚だが、付け根から上は白い。

パンダみたいな日焼けが元気な少女ならではだ。

市松模様の装飾が施された、豪奢な天井を仰いで横になった博己の下半身を、中一のバレー部少女がまたぐ。

「奈緒と博己さん、つながっちゃうんだね……」

笑顔の端に、不安が混じっている。

騎乗位を望んだのは、自分が楽なペースで男性を受け入れられるからだろう。

Tシャツの裾をひっぱって性器を隠したつもりでも、下になった博己からはスポーツ少女ならではの発達した太もものあいだが丸見えだ。

(ああっ、毛が)

少女の恥丘には黒々とした縮れ毛が茂っていた。

大人の女なら気になるほどの剛毛だ。

女児ショーツやブルマの股間からはみ出していてもおかしくない。

左右に割れた大陰唇を飾るように、短い毛が放射状に生えている。

姫口からあふれた処女蜜が、ローズピンクに染まった薄羽を濡らしている。

横たわった博己の身体を挟んで膝立ちになっているふくらはぎや太ももにも、細いうぶ毛が生えている。

けれど、博己は少しも萎えない。美容への無頓着さもこの時期の少女らしさだ。

思春期の少女はホルモンのバランスが変わる。

一時的に男性ホルモンが増え、筋肉や成長が進むと同時に体毛が濃くなり、そして性欲も亢進するという。

(他の女の子に止められても、オナニーしたくてこの館に来たくらいだもんな)

母親の名前が書かれた体操着だけの、刺激的な半裸でゆっくりと腰を落とす。

「あっ、あったかい……博己さんの温度が伝わってくる」

充血した肉茎と、挿入の予感にひくつく処女穴はどちらも発熱している。

「くうぅ、奈緒ちゃんの入り口だって熱いよ……」

博己が腰をわずかに揺らすと、硬く尖った先端が花蜜で滑った。

「はあん……クリちゃんに当たるぅ」

奈緒があんっと喉を鳴らす。

骨を持たず、温かい男の生肉は、跳び縄の樹脂グリップが触れるのとは段違いの快感を与えているようだ。

「あふ……これ、自分でするのとぜんぜん違う。エッチくなっちゃうよぉ……」

実母が中学時代に着ていたという、Tシャツの胸が揺れる。大人の乳房とは違い、半球をふたつ割りにしたような、小さいながらもはちきれそうにぱんぱんのバストだ。

着古して薄くなった生地越しに、ふくらみの先端が尖っているのがわかる。

ふっくらした大陰唇にも、縮れた春草が繁茂していた。

亀裂の底を亀頭で探っていく。

にゅるっと滑った男の穂先が少女の姫口に触れた。

みっちりと肉の詰まった粘膜が穂先を包む。

(これが中学生のオマ×コ……すごい反発力だ。感激だ)

強烈な快感が亀頭を痺れさせた。

硬度と角度を増した肉茎が、中一の処女溝にぴったりと収まる。

果実を剝くみたいな、ぷりっとした感触が亀頭に伝わる。

興奮で咲いた姫口に、男の穂先が滑り込んだのだ。

「やっ……あん、博己さんの目が恐い。あっ、だめ。入ってくるぅ」

中一少女の膣口はコリコリと硬い。

「ん……はあっ、熱いのが……ずりずりって……んんっ」

成長が早いとはいえ、まだ子供だ。奈緒が自慰でたっぷりと恥蜜をあふれさせ、ペニス代わりのグリップでほぐしていなかったら侵入は難しかったろう。

健康的なふくよかさを持った、少女の体重が肉茎にかかる。

「んんっ、削られてるみたい……」

左右に亀頭を回してやると、奈緒はあんっと嬉しそうに唇を開く。

乗馬みたいに太ももで博己の腰を挟んだスポーツ少女は、一ミリずつ侵入してくる男の熱を受け止める。

「痛かったら、すぐにやめるからね」

ロストバージンの痛みを心配する。

「ううん……だいじょうぶ」

博己を安心させるつもりか、健気な笑顔を浮かべる。

「練習のしすぎで……処女膜、だっけ？　破れちゃったのかも。指やペンでくちゅくちゅしても痛くないんだもん」

恥ずかしそうに告白する。遠回しに、破瓜の痛みなど気にせずに挿れてほしいとねだっているのだ。

激しい運動や指入れ自慰で、本人も自覚がないまま処女のしるしを失う少女は少なくないと聞いたことがある。

（跳び縄のグリップとは一味違うぞ。生チ×ポの味を覚えてもらうんだ）

騎乗した少女の中心に、慎重に肉柱を打ち込む。

亀頭がぷりんっと姫口を裏返した。

「ううっ、奈緒ちゃんのオマ×コ……きつくてヌルヌルで……チ×ポが喜んでるよ」

博己は奈緒の腰に手を回す。

「はっ、あんっ、おなかに……他の人が入ってきてる」

はじめての挿入に少女があえぐ。伝えてくれたとおり、痛みはないようだ。

（俺が巨根だったら、きっと痛かっただろうな）

恋人にフラれる原因となった、平均を下回るサイズに感謝する。少女の狭隘な膣道に、細身の肉棹がぴったりとフィットしている。

「なんか……内側から広げられてるみたい……」

結合が深くなるにつれて、博己を見おろす顔が優しくほころんでくる。

下から見上げると、Tシャツに透ける乳首がさらに尖っていた。

(思春期おっぱいを揉んでみたいっ)

母親が着ていた、昭和スタイルの体操着の裾をつまみ、するりと引き上げる。

「あーん、エッチだよぉ」

生の牡肉を挿入されているのに、裸にされるのが恥ずかしいようだ。思春期女子の感覚はむずかしい。

奈緒に腕をあげさせ、汗をたっぷり吸ったTシャツを一気に引き抜いた。

中一の生意気バストがぷりんっと姿をあらわす。

バレーボールで鍛えた腕はしっかりしていて小麦色。それにひきかえ、プールの授業でも日に当たらない乳房は、上等なバターみたいにうっすら黄色がかった艶やかな白さがまぶしい。

乳腺が発達しはじめて、水風船みたいにぱんぱんにふくらんだ乳房の先端には、極小の乳輪と細く尖った乳首が博己の視線を浴びて震えていた。

「あーん、胸を見せたとたんに、中で硬くなったっ」

膣道を圧迫された奈緒がのけぞる。

身体を起こして騎乗位から対面座位へ。結合したまま、目の前に並んだ乳房を揉んでみる。大人の女性とは違って芯が硬い。

「あっ、強くしたら痛いっ」

思春期の乳房は敏感なのだ。

「じゃあ、赤ちゃんごっこをするよ」

博己は乳首にしゃぶりついた。

「ああっ、奈緒ちゃんのおっぱい、おいしいよっ」

小粒なピーナッツを思わせるとんがり乳首を舌で転がすと、膣道で温かい花蜜があふれて結合部を濡らす。

舌先でロリータバストのトッピングを味わっていると、博己の鼻腔(びこう)を野性的な匂いが直撃した。

Tシャツを脱がせた瞬間にも漂った、新陳代謝のアロマだ。

奈緒がぴったりと合わせていた腕をつかむと、ぐっと引き上げさせた。

「いやなの、やめてぇ」

腕をあげさせられ、奈緒は本気で嫌がる。

（おお、フワフワだっ）

深い腋のくぼみには、絹糸のように細い黒い毛が密集していたのだ。大人になりかけの身体だ。恥毛も濃かったのを思い出す。

「あーん、見たらだめだってばぁ……っ」

つんと鼻を刺す、濃厚なスポーツ少女のエキスの根源だ。

奈緒は恥ずかしがるが、少女が大人に開花する瞬間の鮮烈な匂いは男を狂わせる。

博己は少女の腋に顔を突っ込んだ。

「うん……ふむう、奈緒ちゃんの腋、あったかくてぬるぬるだっ」

鼻の奥で火花が散るみたいな強い鉄臭さがたまらない。

舌を出して、和毛が広がる腋を舐める。

「ひっ、ひいいん、博己さんの……ヘンタイっ」

首を横に振って逃げようとするが、博己が膣道をぐいと突き上げれば、快感負けした奈緒の身体が脱力する。

「だめだめっ、くすぐったい……はひいいんっ」

腋毛に守られた汗腺に舌を這わせる。強い塩気に味蕾がぴりぴりと痺れる。

「くううっ、たまらない。おいしいっ」

少女の身体から分泌される、最高の催淫剤だ。

肉茎が鍛鉄のように硬くなり、膣道の中で暴れる。

「はあう……エッチなのに。ヘンタイなのに……嫌いになれないよぉ」

無数の襞が、はじめての牡肉を迎えて踊ってくれる。

じゅぷ、ちゅくっと濁った水音が膣奥から漏れてくる。

「くうっ、いっしょに……もっと気持ちよくなろうっ」

抽送の速度をあげながら、博己は奈緒の腋から首筋に唇を移動させる。

真っ赤になった耳たぶを舐め、アーモンドみたいに香ばしい耳の穴を味わう。

「ひーん、耳の中、食べないでぇ」

奈緒は対面座位で揺らされながら、懸命に博己にしがみつく。背中に汗まみれの少女の指が食い込む痛みさえ、興奮を加速させるスパイスだ。

しっとりと汗ばみ、ぷるんと震える頬にキスをしてから、湿った息を漏らす鼻に唇を向ける。

「いやーふ、あふううんっ」

丸くてかわいい少女の鼻翼を口中に収め、舌を尖らせて鼻の穴にねじこむ。

(おいしい。女の子の身体ってこんなに味が濃いんだ)

「んーん、むうーん、やらやらっ、ひゃずかしぃ」

唾液まみれの舌で鼻の穴を探られて、奈緒は全身を震わせる。

その震えが膣道の収縮を呼び、肉茎を強烈に締めつける。

「くーうっ、奈緒ちゃん、イキそうだ。いっしょに……感じよう」

鼻を甘嚙みしてから、舌をさくらんぼみたいにぷっくりした唇に運ぶ。

「あーん、チューしながらぎゅって抱いて」

奈緒は甘え声を漏らして唇を開く。

博己の舌を受け入れた口中は、まるで熱帯のジャングルだ。暑くて湿っていて、
生々しい青草と、甘い花の香りが充満していた。

「んく、んはああ……奈緒ちゃんっ」

汗まみれの身体を抱きながら、博己は最奥を突いた。

「あーんっ、あああっ、へんになる。好き。挿れられるの好きぃっ」

がくがくと首を振る少女の絶叫が寝室の壁に染み渡る。

「んはああっ、きもちい、きもちいぃぃ」

騎乗した奈緒も、博己に合わせて腰を振りはじめた。

バレーボールで鍛えた脚だ。スクワットの動きが速い。

「く……ああっ、奈緒ちゃんのオマ×コが……締まるっ」

今度は博己が絶叫する番だった。

にち、にちっとストロークするごとに、膣道に浮いた無数の段差が肉兜をくすぐり、反り返った棹をしごく。

「はああっ、自分で動くの、感じるぅ」

激しいロデオで乳房が揺れてぶつかり、スポーツ少女の汗が博己に降り注ぐ。

下から突き上げるペースを奈緒のスクワットに合わせてやる。

「あーっ、ああんっ、はじめてなのに……ひいいっ、エッチになりゅ……ぅ」

快楽と激しい動きに奈緒の呼吸が荒くなり、語尾がはっきりしなくなる。

いくら体格が大人でも、性感に慣れていない中学一年生だ。唇を噛んで絶頂をこらえても、数回の突き上げで降参してしまう。

「は……ひいいぃ、イッひゃう、イッひゃうよぉ……っ」

奈緒は全身を震わせ、腰を振り回して叫んだ。

「おねはい、いっひょ、いっしょにイッてぇっ」

ちゅぷっ、ちゅぷと絶頂の濃厚汁が結合部から肉茎を伝い落ちる。

博己の牡肉も、限界を迎えた。

「くううっ、奈緒ちゃん、イクよ。奥に……たっぷりっ」

どくっ、どく……だくうっ。

少女の未成熟な子宮めがけて、煮詰まった精液が放たれる。

「ほひ、あひゅい。熱いのが出てりゅうっ」

唾液まみれのキスで博己の舌をすすりながら、奈緒は男の絶頂を受け止める。

強烈な快感が射精中の脳を揺さぶる。

(これが……これが本当のセックスなんだっ)

別れた恋人との、手順の決まった作業みたいな行為とはまるで違う。

生々しい少女の香りと味に包まれて、ふたりの快感がひとつになる。

精液に白く染まった膣道が、きゅっと牡肉を締めて、最後の一滴まで搾り取ろうと蠕動(ぜんどう)する。

「あううっ、奈緒ちゃん……っ、かわいいよっ」

ふたりの唾液が混じって糸を引き、少女の乳房の谷間を伝う。

(こんな経験ができるなんて……バラ館は天国だ)

博己は朦朧(もうろう)とする意識の中で、いつまでも奈緒の舌を吸いつづけた。

第五章　ペニスで遊ぶ少女カップル

1

「ほら、調べたとおり、ふくらんでる」

「わっ……苦しくないのかな」

夢の中で、少女の声が聞こえた。

「もう少し……ずらしてみようか」

「えっ、起きちゃうと思うよ」

「だいじょうぶだよ。そのために朝早くから来たんだもの」

夢なのに、声だけがはっきりと聞こえる。

下半身に、なにやら違和感があった。

「せーの……あっ、出たっ」

急に下腹が涼しくなった。

「……やっ、すごい」

博己を挟んで、ふたりの少女がはしゃいでいる。

（うん？　これは……夢じゃないのか）

自室のダブルベッドに横になっていると認識できるし、手や足の感覚もある。

博己はゆっくりと目をあけてみた。

目に入ったのは掛け布団をはがされ、パジャマ代わりのハーフパンツを脱がされた自分の下半身だった。

若いから毎日の朝勃ちは当然だ。パワーをみなぎらせてギンと上向いている。

「日奈子、触ってみて」

「ええっ、ムリだよ。それより、理那こそ。研究なんでしょ」

博己の無防備な下半身を挟んで、ふたりの少女が伏せている。ふたりとも視線は勃起に釘づけだ。

どちらも見覚えのない顔だ。

（でも、名前だけは聞き覚えがある。たぶん「ひみつノート」だ）

「じゃあ……ちょっとだけ」

ショートカットの少女が手を伸ばす。

下腹を刺す勢いで屹立（きつりつ）した牡肉を、ごく軽く握られた。

「わ……あったかい」

小さな手だ。

髪を短くカットして、太めの眉がきりりとあがったボーイッシュな少女だ。切れ長の目と薄い唇が凛々（りり）しい印象を与える。

「どう？　かたい？　柔らかい？」

「日奈子も、さわってごらん」

「う……うん」

ボーイッシュな理那に手を握られた少女は日奈子というらしい。

きちんと手入れがされたセミロングの髪で、くりくりの目に柔らかそうなほっぺた。

健康的なピンクの唇の端にほくろがひとつ。

お人形みたいにかわいらしい雰囲気の少女だ。

ためらいがちに宙をかく日奈子の指を、理那がぐっと引き寄せる。

日奈子の手は理那より小さくてふんわりと頼りない。

「……ほんとだ。あったかい」

二本の手が肉茎をさすり、亀頭の縁をくすぐる。

(なんだ。何が起こってるんだ)

博己は薄目をあけて、ふたりの少女に触られる自分の肉幹を見守るしかない。

幼いふたりが男に夜這い、いや朝這いをかけてきたのだ。

起きていると悟られないように、ゆっくりとまぶたを開く。

(おいおい、ふたりとも……っ)

伏せているからわからなかったが、少女はどちらも全裸だった。

(朝から知らない男のベッドに裸で入ってくるなんて、なんのつもりだ)

どちらも背中を丸めて男性器をいじっているから裸体の正面は確認できないが、ふたりとも胸のふくらみはほとんどないようだ。

ふたりの体格は似ている。肩が丸っこくて腕が細い。まだ子供の身体だ。

博己はこのバラ館を訪れる少女たちを隠し通路から見ているから、服装や口調、そして身体のラインで学年がわかるようになってきた。四年生か、背が低いから三年生かもしれない。

あお向けに寝た博己の両脚に寄り添い、上半身を浮かせて、ぎんと怒張した男性器に夢中になっている。

「やっぱり、ホンモノとはずいぶん違うなあ」

理那が手を伸ばして、明るい茶色の物体をつかんだ。

「実物を見ながら作り直せばいいじゃない」

ボーイッシュな理那が握っているのは茶色い偽ペニスだった。

(なんだ? まさか小学生が大人のおもちゃを)

棹はうなだれ、先端はしなびた朝顔みたいに包皮で隠れている。ディルドやバイブレーターにしてはあまりにもちゃちだ。

小さい手が棹を握ると、いとも簡単にかたちが変わる。どうやら学校教材でおなじみの、油粘土で男性器を作ったようだ。

「角度を変えて……こんな向きかなあ」

理那は片手で博己の勃起肉をさすったり、軽くひねったりして参考にしてから、粘土の偽男根を本物に似せようとこね直す。

「うふふ。あたしはこっち」

反対側に座る日奈子が手を伸ばしたのは博己の陰嚢だった。

男性にとって体温の放熱器官でもある冷たい肉クルミを、柔らかな小学生の指がちょんと突いた。

「うぅ」

快感混じりのくすぐったさに、ついうめきを漏らしてしまった。

ふたりは一瞬動きを止めたが、博己が起きそうにないと判断して、理那は粘土のペニス作りに、日奈子は男性器いじりをはじめた。

(このまま、何をするつもりだろう)

好奇心に駆られた博己は数分のあいだ、寝たふりを続けた。

「日奈子、できたよ」

理那の声に、ハムスターの頭でも撫でるように陰嚢を指先でかわいがっていた日奈子が顔をあげる。

「わあ。似てる。すぐに当ててみて」

手を叩かんばかりに喜んでいる日奈子に、どうだと言いたげに笑い返した理那が、ベッドの上で膝立ちになる。

ふたりとも第二次性徴がはじまったばかりの時期だ。肩や腕に肉は薄く、胸は平たくて女らしさは感じられないが、きめ細かい肌や細い腰はあきらかに男子とは違う。

だが、博己の目は理那の裸体の一点に向いてしまった。

(うおっ、チ×ポが生えてるみたいだっ)

ボーイッシュな少女は粘土細工の男性器を股間に手で当てていた。

(くうぅ、ただのヌードよりずっとエロいぞ)

ガラス細工みたいに繊細なロリータボディの無毛股間に、茶色い油粘土でできた勃起肉が屹立している。

窓から差し込む朝日が、粘土の勃起を照らす。

両性具有の天使みたいだ。反則的に美しくて背徳的な姿だ。

日奈子の手にもてあそばれていた本物の勃起から、とぷりと先走りが漏れた。

「ああ……かっこいいよ、理那」

褒められた理那は、ふふっと大人っぽく微笑んでみせる。

「ほら、日奈子、おチ×チンの先っぽにキスして。大好きって言って」

「うん……いっぱい、キスしちゃう」

ふたりのやり取りに、博己は思い当たった。

(思い出した。「ひみつノート」に、おチ×チンを生やしたいって書いてあったな。

男の子になりたい理那ちゃんと、彼女が大好きな日奈子ちゃん。確か四年生のクラス

メートで、大親友のはずだ）

粘土で擬似男根を作り、男の子になりきって秘密の遊びをするつもりなのだろう。

（粘土チ×ポで遊ぶために、俺の本物を参考にしたんだな。いたずらっ子め）

理由がわかれば微笑ましいし、なんだか楽しそうだ。

「ふふ。理那のおチ×チン、わたしと遊びたいって、ぶるぶるしてる」

あお向けに寝ている博己の下半身を越えて、日奈子が顔を寄せていく。

だが、亀頭まであと一センチのところで、理那の股間に生えた粘土の勃起がみるみる角度を失い、ぽろんとちぎれて落ちてしまった。

「あーあ……」

「粘土だけじゃ、芯がないからダメかぁ」

無残にベッドに転がった偽ペニスに、ふたりが同時にため息をついた。

「男の人のって、なかに骨があるのかな」

日奈子はふたたび博己の腰の脇に座り、がちがちの天然勃起に手を伸ばす。

小さな手で亀頭を包まれた。

「あれ？　いつの間にか先っぽが濡れてる」

亀頭の先からたらりとあふれた先走りに驚いた日奈子が、ぎゅっと肉茎を握る。

（ううっ、ヤバい。さっきよりずっと握りかたがうまくなってる）

幼くて小さい手に朝勃ちをいじられ続けていたのだ。射精までのカウントダウンは
とっくにはじまっていた。

「骨はないけど……握って動かすと、透明なぬるぬるが漏れるの。おもしろい」

「えっ、変なオシッコ？」

理那も博己の下半身に顔を寄せる。

自作の粘土ペニスがもげたショックよりも、男の生理に興味があるらしい。

「ほら、握って動かしたら……とろって漏れるの」

日奈子は肉茎をきゅっ、きゅっとしごいて示す。

「さきっぽの割れ目……ここからオシッコが出るのかな。男って変なの」

セミロングの髪をかきあげ、リスみたいに前歯を出していたずらっぽく笑う。

唇の脇にあるほくろが可憐だ。

（無理だ。眠ったふりなんてできないっ）

お嬢様の容赦ない手コキに、陰嚢がきゅうっと縮む。

「あっ、また出てきた。透明な液……なんだろう」

理那の湿った吐息が亀頭をくすぐる。

ボーイッシュ少女の指が尿道口に触れ、先走りの露を亀頭に伸ばす。

細い指が敏感な穂先を滑る。同時に日奈子の柔らかな手が肉茎をしごく。

「く……うぅ」

限界だった。

「おおう……はああっ」

あお向けの男の腰が大きくしなり、肉茎がびくりと爆ぜる。

「きゃっ」

ふたりの悲鳴がシンクロする。

どぷ……どっぷ、びゅるるぅっ。

「ああっ、出る、はーあっ」

博己は叫びながら、盛大な白濁花火を打ち上げる。

弧を描いた精液の掃射が向かったのは、凛とした理那の顔だった。

「熱いっ、ああっ、どろどろ……っ」

青臭い精液を二重のまぶたに、洋風の鼻筋に、そしてきりりとした印象の唇に浴びて、ボーイッシュ少女が悲鳴をあげた。

「いやああっ、理那ぁっ」

日奈子は泣きそうな瞳で、白濁に染まった理那の顔を見つめていた。

2

狭い寝室を、漂白剤みたいな精液臭が満たしていく。

「ひどい。お兄さんったら、理那のことを汚すなんて」

日奈子は黒目がちの瞳で博己をキッと睨む。

（勝手に二階にあがってきて、寝ている俺のチ×ポをいじりはじめたくせに）

だが、並んで座る全裸ロリータカップルに文句をいうような失礼ができるものか。

「ご、ごめん……あんまり気持ちよかったら……」

謝る理由などないが、射精させてくれたふたりのご機嫌を損ねたくない。

「気持ち悪い液をかけられてびっくりしたよね。わたしがきれいにするから」

白濁を浴びた同性の恋人をかばうように、日奈子は身体を寄せる。

「ううん。だって、あたしたちが勝手にお兄さんのおチ×チンをいじったんだもん。でも……男の人の液って、こんなにたくさん出るんだ」

意外にも射精を浴びた理那は怒る様子はなく、頬や唇に粘りつく精液に興味をそそられていた。

「ごめんね、お兄さん。あたし、ずっとおチ×チンに興味があって……」

(知ってるよ。「ひみつノート」を見たから)

博己はあえて口には出さない。ノートは少女たちだけのものだ。

「起き抜けにいじられて驚いたけど、気持ちよかったよ」

「ふふ。だって同級生の男子のおチ×チンなんて、きっと子供だから……大人のみたいにかっこよくならないもん」

自分の身体にペニスが生えないかと夢想し、勃起や射精に憧れている理那は、博己に明るく笑いかける。

(そういえば俺も、小学校の三、四年のころは同級生の女の子よりずっと年上で、女の先生のスカートの中や、近所のお姉さんの裸が見たくてたまらなかったな)

懐かしくも気恥ずかしい思い出だ。

「あたしも、こんなふうにぴゅっぴゅしてみたいな……」

凛々しいペルシャ猫みたいにきりりとした雰囲気の理那は、顔に放たれた男のねっとりした汁を指ですくって、面白そうに見ている。

「べとべとしてる。プールの水の匂いだね」

すっと通った鼻筋から、たらりと精液が伝い、理那の唇を越えた。真っ白な歯のあいだから舌が伸び、博己の牡液を舐め取る。

（うわっ、顔射ザーメンを舐めるなんて）

「……ヘンな味。おチ×チンから出る赤ちゃんの素だから、濃いんだね」

ちゅぱっと舌が鳴った。唾液で精を溶かして飲んだのだ。

「いっしょに味見しようよ」

理那の言葉に、日奈子はぽっと頬を染めて、ちらりと博己に目を向けた。

「うふぅ……恥ずかしいけど……うん」

日奈子はぷりっとした唇を尖らせると、理那の唇をべっとりと汚した牡の白濁に舌を這わせる。

「はあん……これが、おチ×チンの味……」

（くうっ、美少女のレズキスだ。見てるこっちが恥ずかしくなるよ）

博己の前で、まだ胸のふくらみもない清純そうなふたりの少女がちゅっ、ちゅっと唇を重ねる。神々しい風景ではあるが、実際にはねっとりと濃い大人の精液を互いの舌ですすり合っているのだ。

「まずいけど、おおきくなったら好きになる味かも」

理那はガムを噛むみたいに口を動かしている。どうやら濃厚精液を吐き出すことも飲み込むこともできず、口中でもてあましているようだ。

「んくぅ……理那ぁ……もっとつば、出して。わたしにごっくんさせて」

最初はおとなしそうに見えた日奈子が積極的になって口を開き、唾液をせがむ。

「ん……んんっ」

理那が唇を開く。輝く前歯がちらりと見えた。そして伸びた舌から、たらあ……と透明な露と精液のカクテル汁が糸を引いた。

「は……あんっ、理那のつばミックスだと、なんでもおいしいよぉ」

日奈子が理那の舌先から垂れた唾液を口中で受け、精液をすする。

キュートそのものという丸顔にぷっくりした唇がまだ幼い印象の日奈子が、こくこくと喉を鳴らして飲精しながら、大好きな同性の恋人に裸の胸を擦りつける。

小学校四年のふくらんでいない薄い胸にひし形の極小乳輪がピンクに光っている。

ふたりとも乳首は発達しておらず、乳輪の境界ははっきりしない。

「ああん……あたしもおチ×チンが生えてきたら、日奈子にしゃぶってもらって、気持ちいいよーって言いながらどくどく出してあげたいのに」

理那は額や眉にまで飛び散った精液をちろちろと舐められて恍惚(こうこつ)としている。

日奈子とは対照的にトーストみたいに日焼けした手足はのびのびと長く、細い首や小ぶりなヒップがかわいい。少年と間違えてしまいそうな健康的な肉体だが、まだ思春期の脂肪がつく前の、目玉焼きほどの厚みしかないバストが、あたしは女の子なんだよと主張している。

理那は自分の顔を汚した精液を舐められるのが嬉しいらしく、日奈子をペット扱いして頭を撫でている。

「あーん、理那におチ×チンが生えたら、すぐにちゅぱちゅぱしたい」

理那のペニス願望を聞いた日奈子が、うっとりと身をくねらせる。細い脚が開いて、ふっくらと丸みがある恥丘を割った、浅い幼裂が見えた。

「ううっ、ふたりとも、すごくエッチだ……」

つぶやく博己の股間に、少女たちの視線が集まる。

射精したばかりなのに、目の前で繰り広げられる精液舐めショーの刺激で肉茎は力を取り戻していた。

「あたし……粘土の工作じゃなく、本物を生やしてみたい。どうかなぁ」

理那が博己の弓なり勃起に話しかける。

「お兄さん、ちょっと座ってみて」

ベッドの真ん中をぽんと手で叩く。

（なにをする気だ……でも、絶対に楽しいのは間違いない）

全裸少女ふたりのおもちゃになるなんて、夢のようだ。

言われるままに座ると、期待を示すメーターみたいに勃起が天井を向く。

「お兄さん、くすぐったくてもがまんしてね」

博己の胸に背中を預けて、理那が脚を開いて座ってくる。

身長は百三十センチ代だろう。小柄な理那だ。博己の太ももにかかる体重は軽い。

ドラマで見るようなあぐらをかいたパパの膝に娘が座り、胸板に背中を預けるほほえましいポーズ。だがふたりとも裸で、少女の股間には勃起が当たっているのだ。

弓なりの肉茎が柔らかな粘膜に包まれる。

「う……ううっ、あったかいっ」

ぷりっと柔らかな陰唇に肉棹を挟まれる快感に、博己は悶えてしまった。

「あん……おチ×チンがあたるとこ、ぜんぶ、じんじんする」

幼裂に食い込んだ肉茎が敏感な真珠や姫口の扉をくすぐっているのだ。

「あ……あ、おチ×チンが震えてる。こりこりしてるね」

体重が軽くて、頭皮からは干し草みたいにいい香りがするのに、小さな頭の中は男性器でいっぱいなのだ。なんと罪深くて奔放で、魅力的な生き物だろう。

牡幹が陰裂をふさぐように食い込み、先端は小柄な少女の股間には収まり切れずにはみ出す。

「う……くうっ」

少女の湿った股で肉茎を締められるのは、大人の女性の膣やフェラチオとも違う、新鮮な快感を与えてくれる。

博己は理那の肩越しに、四年生の恥丘を見おろす。

「ほら……おチ×チン、生えちゃった」

亀裂から亀頭と二センチほどの肉棹がぐいっと顔を出している。

無毛の幼裂から頭をもたげた大人の勃起肉。なんとも淫猥な景色だ。

「ああ……ニョキって生えてる。理那がおとこのこになっちゃった……」

ふたりの前に伸びをする子猫のポーズで伏せた日奈子が、目の前の情景をたしかめるみたいにつぶやきながら、博己の股間に顔を寄せてくる。

「あーん、理那のおチ×チン、お鼻がツーンとする……」

精液を放ったばかりの青臭い亀頭を吐息がくすぐる。

びくっと肉槍が跳ねると、クリトリスを圧迫された理那があんっと声をあげる。

「はあ……ちゅぱちゅぱさせて」

無邪気な顔のまま唾液で濡れた唇をあーんっと開くと、亀頭を小さな口に含んだ。

平均よりかなり細身の肉茎とはいえ、四年生の口には大きい。開ききった唇が、きゅっと亀頭のくびれを締めつける。

「ううっ、かわいい口で舐められたら……はあっ」

すでに一発発射しているが、幼い美少女に咥えられていると思うだけで精を漏らしてしまいそうだ。

「お兄さんはしゃべっちゃダメだよ。このおチ×チンは理那から生えてるんだもん」

日奈子は博己を見上げてから、ふたたび亀頭をぱっくりと咥える。

少女の短い舌が亀頭冠をちろちろと這う。

幼い舌は柔らかく、唾液は温かい。

「う……あうう、日奈子ちゃんっ、声をがまんするから……続けてっ」

ソフトクリームみたいに裾から先端へと舌が這う。

(ちっちゃな口を唾でぬるぬるのチ×ポが出入りして……唇がめくれてる)

好奇心いっぱいに舐められて、亀頭が溶かされてしまいそうだ。

ただのフェラチオではない。

肉棹にまたがるように座った理那の、できたての餅菓子みたいな無毛の恥丘に刻まれた、浅い陰裂からグロテスクな黒ペニスが生えているのだ。

(ふたりの女の子の感触が同時に味わえるなんて……っ)

亀頭を飴玉のように舐め回す日奈子の視線は理那の股間に注がれている。

「んふ……いつもおチ×チンが生えますようにっておまじないしてたもんね」

「ああ……気持ちいいよ、日奈子っ。もっとしゃぶって、とろとろにしてぇ」

理那はうっとりした様子で、股間から生えた男性器を舐める日奈子の髪を撫で、耳たぶをつまんで揉む。

(俺はこのふたりにとって芝居の黒子みたいに、存在していても見えないもんなんだな。でも、四年生のフェラが続くなら、チ×ポを道具扱いされるだけでいい)

日奈子は嬉しそうに唇に肉棹を収めたまま、手を理那の内ももに滑らせる。

ふたりはいつもバラ館では秘密の行為にふけっていたのだろう。互いの性感帯を知りつくしている。

「ねえ……あたし、理那のおチ×チンを……挿れてみたい」

日奈子の声はかすれていた。

「ほんもののおチ×チンが理那から生えているなんて、今日しかないから」

同性の陰裂からそびえる肉茎を拝むように見上げ、日奈子は目を潤ませていた。

3

「あたしから生えたおチ×チンでかわいがってあげる」

膝立ちの博己に背後から抱かれた理那が目を細める。

素股のかたちでペニスを陰裂から生やした少女の体温があがり、ミルク香が首や頭皮からたちのぼる。

「日奈子ちゃんに、四つん這いになるように伝えて」

博己は理那に耳打ちする。

男の自分は少女たちにとってペニスの付属品だ。

直接会話には加わらないほうが愉しめる。

理那は博己の意図をすぐに理解して、日奈子に命じる。

「四つん這いになって。お尻をあげて。おチ×チン……挿れてあげるから」

「あーん、恥ずかしいよぉ」

理那の言葉に日奈子は顔を真っ赤にする。博己の視線を意識しているのだ。

けれど、逆らわない。

シーツの海で、四年生の未成熟な裸体が泳ぐ。

「うふ……スースーする」

四つん這いになって、聖なる少女の秘密エリアを背後のペニスつき少女に晒す。

第二次性徴を終えていないロリータヒップは縦長で、尻肉に脂肪がついていない。

日奈子が隠したい陰裂の底まで日が当たっている。

中心に咲いているのは薄桃色の膣花だ。ふたりとも小柄だが、運動が得意そうな四肢の理那に対して、日奈子はスリムで肌が抜けるように白い。雪原に小さな桜の花びらを並べたみたいな、上品な処女穴だ。

博己の寝起きをいたずらして、ずっと興奮していたのだろう。花蜜で潤っている。

（すごい眺めだ。お尻の穴までバッチリ見える）

膣口よりも上でひくついている恥穴も、男の目を釘づけにする。

四年生だというのに肛門の色が濃い。浅くて白い谷間にラベンダーの花みたいな明るく淡い紫色のくぼみがあり、針の穴みたいな中心から四方に深い皺が走っている。

「日奈子って……ふふ。ウ×チの穴をさわられるとよろこぶの」

処女の陰裂に向かう博己の視線に気づいた理那が教えてくれる。

「いやーん、いわないで」

振り返る日奈子の瞳が潤んでいる。秘密を暴露されると同時に、存在感のある排泄穴にも刺激を求めているのだ。

「じゃあ……チ×ポを挿れたまま日奈子ちゃんのお尻の穴もいじってあげれば」

「お兄さん、あたまいい。それってすごく……超エッチだね」

過激な提案に、理那がくすりと笑った。

「じゃあ、日奈子……いくよ」

男根を脚で挟んだ少女は、クラスメートのほっそりした腰を両手でつかみ、くいっとお尻を振って位置を合わせる。

肉茎が進み、亀頭がゼリーみたいに柔らかな粘膜に触れた。

「あ……あんっ、当たるぅ……熱い」

処女の陰唇がくにゃりと変形して亀頭を浅く包む。

(これが四年生オマ×コの感触……っ)

濡れたシルクみたいに、敏感な男の穂先を包んで滑らかにからみつく。

「あたしのおチ×チンが、日奈子の中に入りたがってる……」

理那が腰をひねって、股間に挟んだ肉茎を導く。

小さな騎手に操られるまま、博己は腰をぐっと突き出した。

「んっ、は……ふうぅ……っ」

ぷりっと粘膜の扉が開き、亀頭が半ばまで沈む。

(硬い。こんな狭い場所にチ×ポを挿れてもいいのか)

少女の膣口には、大人の人差し指すらきつそうだ。

伸びたゴムが切れる寸前みたいな不安感がある処女粘膜だ。

「うっ……」

亀頭の縁が少女の膣口で強烈に締めつけられて、博己は快感にうめく。

「あーうぅ、おっきいよぉ……」

四つん這いの子猫が丸いお尻をぷりぷりと振って違和感に悶える。

処女地を破ることにためらう博己を助けるように、後背位の男女に挟まれた理那が、
クラスメートの丸尻を優しく撫でた。

「力を抜いて、手伝ってあげるから」

日焼けした理那の手が白い尻の谷間に滑る。

「ひん、お尻ぃっ」

理那の指が放射状に並んだ薄紫に染まる肛門の皺を数えるように這う。

「お尻の力を抜いて、ウ×チの穴をあーんって広げるの。いつもおトイレでやってるでしょう?」

「は……ひっ、だって……男の人に見られるなんて、むり」

四つん這いで震える日奈子が首だけ回して、泣きそうな顔で理那に訴える。

「ふーん。じゃあ、あたしのおチ×チンはあげられないね」

理那はくいっと腰を引き、濡れた陰裂から肉茎を離す。

「あーん、いじわるぅ」

(四年生で焦らしプレイなんて、どれだけマセてるんだ)

博己は理那の意図を汲み取って挿入の圧力を落とす。

「いやっ……理那から生えてるおチ×チン、ひとりじめにしたいのにぃ」

「日奈子がウ×チの穴で遊ばせてくれないなら……おチ×チンはおあずけ」

すねるスリム少女を試すようにくいっ、くいっと理那が腰を振る。陰裂から頭を出した牡槍でかたくなな姫口をぷにぷにと突く。

「はああっ、うう……して。挿れて。お尻で……遊んでいいからっ」

博己が理那の肩越しに下を見ると、少女の指で撫でられていたラベンダー色の肛花が満開になった。

（おおっ、日奈子ちゃんの肛門がむにっと開いて……中はピンク色だ）

「かわいい」

薄紫の肛門に、理那の指が吸い込まれていく。まず桜色の健康的な爪が放射皺の向こうに沈んだ。

「あっ、あっ、はいってくるぅ」

一ミリ、二ミリと細い中指が少女の体内に消えていく。

「ん……はあっ、日奈子の中、ふかふかのおふとんみたいに柔らかい」

「あっ、ああ……指でおしりのなか、くすぐられてる……あふんっ」

クラスメートに肛門を探られているというのに、日奈子は甘えた声を漏らす。

理那が言ったとおり、肛門で性感を得られる体質らしい。

「ほら、ウ×チの穴をくぽくぽさせてあげる」

理那が指を曲げると、少女の窄まりは呼吸するように開閉する。

「ん……ああん、恥ずかしいのに。あーん、へんな気持ちになっちゃうぅ」

クラスメートが肛門に挿れた指をくいっと曲げるたびに、日奈子は小刻みに腰を振り、シーツをぎゅっと握る。

昔読んだ本に乳児は母乳を飲んで口唇の快感を覚え、やがて幼児期に排泄の快感に目覚める。そして、成長して性器の快感を知るという説があった。

(日奈子ちゃんはまだ幼くてオマ×コやクリより、お尻が気持ちいいのかもな)

「お兄さんに教えてあげる。日奈子のウ×チの穴の壁をトンって叩くと……」

「あーん、ああんっ」

日奈子が高く鳴くのと同時に、肉槍の挿入を拒んでいた膣口が唐突に開いた。

ずぶ……ずぶうっ。

「お……おおうっ、チ×ポが吸い込まれるっ」

処女の陰唇がわずかに緩み、裾広がりの亀頭がぷりっと姫口の肉リングを越える。

「あっ、ああ……太いのが……ひいっ、おなかに入ってくるぅ」

はじめて異性の器官を受け止めた膣道がおびえて、すぐに膣口がきゅっと締まる。

「う……くうっ、きついっ」

亀頭は丸ごと入ったのに、くびれを強烈に絞られて抜き差しできない。

唯一の救いは、日奈子がさほど痛がっていないことだ。

(処女膜までチ×ポが届いてないのかな)

成人女性には小さすぎるペニスだからこそ、少女に負担をかけずに済む。

けれど、このままでは蛇の生殺しだ。

肉茎を抽送し、亀頭や棹を摩擦しなければ男の快感は生まれない。

そのとき、博己の穂先が優しくノックされた。

日奈子の幼襞が大きく波打って、亀頭をリズミカルに撫でるのだ。

「あっ、あーっ、なにしてるのぉ」

日奈子がのけぞる。ぷりんと艶やかな唇の端からよだれが垂れ、口もとのほくろを濡らして、子供っぽく丸いあごを伝う。

「くううぅ、チ×ポが日奈子ちゃんの穴に遊ばれてるっ」

「ちがうよぉ。わたしはなにもしてない。あーん。ウ×チの穴が溶けちゃううぅ」

後背位でつながった少女と青年が同時に叫ぶ。

「ね……ふたりとも気持ちいいでしょ」

ペニスにまたがり、日奈子のアヌスに指を挿れた理那が自慢げな顔になる。

ボーイッシュ少女が指で腸粘膜を押し、膣道に埋まった亀頭を、中からかわいがっていたのだ。

4

「お兄さんのおチ×チンが喜んでるよ。ほら……トン、トンって」

しっとりと湿った、四年生にしては低い声が博己の自室に響く。

「おああっ、ひいっ、チ×ポがとろけそうだっ」

未体験の快感が博己から理性を奪う。

理那の中指が腸壁越しに、膣道に埋まった亀頭をノックするのだ。

ぬるぬるの膣粘膜に包囲された無抵抗な亀頭を刺激されると、腰が抜けそうなほどの快楽が襲ってくる。

「う……あおおおっ、痺れるっ。理那ちゃん、もっと強く押してっ」

四年生の狭隘な膣口にくびれを絞られ、博己はまったく動けない。

「ほらほら、日奈子の中であたしのおチ×チンが気持ちいいよ」

「あーん、だめえ。おチ×チンをぴくぴくさせないで」

後背位で貫かれた日奈子も、尻を高く持ち上げたまま涙目で初体験の圧迫に耐えるしかない。

　日奈子を追い詰めていくのは博已の性器ではなく、肛門にぷっすりとささった理那の細い中指だ。

「ふふ。日奈子のウ×チの穴、かわいいね」

「は……うにゃああっ、恥ずかしいよぉ。漏れちゃうぅ」

「うん。漏らしてもいいよ。日奈子の恥ずかしいとこ、いっぱい見たい」

　理那は指をゆっくりと前後させて腸壁から擬似的な排泄の快感を与え、クラスメートに嬌声（きょうせい）をあげさせる。

（すごい。子供のくせに、なんてテクニックを持ってるんだ）

　ボーイッシュなショートカット少女が指一本でクラスメートを快楽の淵に落とす姿に、博已は圧倒されっぱなしだ。

　しばらくすると膣粘膜がほぐれて亀頭のボリュームに慣れたのか、じわじわと快感は湧いてきたようだ。

「自分でおっぱいを触ってみて。きっと気持ちいいよ」

　もはや日奈子は理那のペットだ。命じられるままに両手の指を輪にして、極小の子供乳首をつまんだ。

「あーん、おっぱいがじんじんする。エッチになるぅ」

かん高いソプラノで、日奈子は乳首の悦に泣いた。

「んひ、ひぃん……いままでいちばん声が出ちゃうっ」

ふたりはバラ館での秘め事で、互いの身体のすみずみまで探検してきたはずだ。

けれど、生の男性器が新たな快感を呼んだのだ。

肉棹を理那が挟んでいるから博己も自由に抽送はできないものの、小学生の極狭膣口で亀頭全体を絞られる新たな快感を知った。

「う……くうぅ」

背後でうめく男の声を聞いて、理那が嬉しそうに微笑む。

「お兄さんも日奈子に挿れるのが気持ちいいんだって」

理那がゆっくりと、中指を日奈子の窄まりから引き抜く。

「ひゃっ……あーうぅ……お指が逃げちゃううぅ」

擬似的な排泄の快感に日奈子がため息をつく。

「ふたりとも気持ちよくなったなら……あたしも」

後背位で突かれる日奈子の尻に手をつくと、理那は腰を前後に振りはじめる。

肉幹にまとわりついた理那の花蜜がにちっ、にちっと糸を引く。

「んは……ああっ、おチ×チンのごりごりが……当たるぅ」

理那がわずかに前かがみになると、ひときわ声が甘くなった。

「や……ひゃんっ、なにこれ。びりびりする。怖いくらい気持ちいいよぉっ」

肉茎に股間をすりつけて感激している。

牡棹が陰裂を割り、クリトリスに当たっているのだ。

「あ……ん。おチ×チンすりすりするの、楽しい……」

少女の姫口は未発達でも、陰唇は敏感だ。

「はっ、あん、あああん……あーんっ」

肉棹が敏感な雛尖を滑ると、自慰や日奈子との指を使った戯れとは違う、新鮮な性感が得られるようだ。

「ふ……あ、こんなのはじめて。あーん、止まれない」

肉茎を無毛の股間ではさみ、懸命に腰を振る。

四年生にしては大人びた、凛々しいボーイッシュ少女が目を潤ませ、唇をわななかせてヘコヘコと腰を振る姿はなんとも煽情的だ。

「ううっ、理那ちゃん、エッチな顔だよっ」

博己が背後から小さな身体を抱きしめると、理那は背中をくねらせるが、腰の動きは止めない。すっかり素股でのクリ摩擦に夢中になっている。

博己にしても、ずっと抽送できなかった肉棹を少女の陰裂が摩擦してくれるのだから大歓迎だ。

濡れた陰裂の柔らかな粘膜が、肉幹を前後に愛撫する。

「理那ちゃんの溝がつるつるで……ああっ、チ×ポを、もっと強くはさんでっ」

幼い処女からの奉仕で、大の男が情けない声を出してしまう。

「あははっ、おチ×チンがピクピクしてる。ぎゅってはさまれるのが大好きなんだね。ほーら、ナデナデしてあげる」

理那は腰を前後に揺すり、肉茎をペット扱いしてかわいがってくれる。

「あっ、あーん、理那ちゃんのおチ×チンがまた大きくなってるぅ」

犬の交尾みたいな格好で亀頭を膣道に埋められた日奈子も、背後のふたりの動きを受け止めて悶える。

「日奈子の中から、エッチな液がもれてきてる。とろとろだよ」

理那は男女の結合部を嬉しそうに見おろす。

「は……あんっ、おなかの中を押されてるよぅ」

きゅっ、きゅっと膣口が穂先を締めてくる。

「おチ×チンが中でふくらむの……好きかも」

最初は異物感にとまどっていた日奈子だが、つるりとした亀頭で膣襞を撫でられるうちに、女の身体に生まれつき備わっている肉悦に目覚めたようだ。

「くうぅ、日奈子ちゃんっ」

博己はずんと突く。

「ひはうぅ、深くきてるっ」

反り返った棹には理那が乗っているから、処女膜を破るほどの深さには届かない。だからこそ、日奈子は痛みを感じずに済んでいるのだ。

欲望に任せた抽送ではなく、わずかな動きで処女の膣口を刺激してやる。

「んっ、ああ……はああっ、へんな感じ。お尻がふわふわするぅ」

日奈子がベッドに突っ伏して首を左右に振る。

クラスメートが悶えるたびに肉茎が震え、その刺激はふたりにサンドイッチされた理那のクリトリスに届く。

「はっ、すごくいいの。きもちいい」

博己は背後から理那を抱きしめる。若い肌が汗でぬらつくのがたまらない。

アーモンドみたいに香ばしい少女の匂いが鼻腔に満ちる。

(このまま女の子たちといっしょに蕩けたい)

ボーイッシュ少女の小麦色の腕が新鮮な汗で光る。

「ううっ、理那ちゃん、大好きだっ」

「ああん、おチ×チンと……お兄さんとくっつくの、大好き……はひぃいんっ」

理那は背後を振り返ると、博己に唇を突き出す。

博己は背を曲げて、少女の唇を貪った。

理那が待ちかねたように唇を吸ってくる。

口中に流れ込む男の唾液が燃料になったように、理那の動きが速くなった。

激しくダンスを踊るように腰を前後に振り、クリトリスを肉茎に擦りつける。

「はひ、ああひ、とまんないぃ……はあああっ、だめえ、なんかきてる。へんなの……あったかくて、おなかのなかで……ばくはつ……ぅ」

最後は言葉にならない。

博己と重ねた唇の端から唾液がたらたらと落ちて、胸のわずかなふくらみを汚す。

(くうぅ、俺が理那ちゃんをイカせたんだっ)

少女を絶頂に押し上げた嬉しさが、肉茎の芯を通り抜けていく。

「ああっ、理那ちゃん、日奈子ちゃん、俺も……お兄さんもイクよっ」

射精宣言にわずかに遅れて陰嚢がきゅっと収縮し、尿道を熱い猛り汁が奔る。

どくっ、どっ、どぷぅうっ。

日奈子の処女膜に向かって、大量の精液をぶちまける。

「く……おおおっ、出てる。止まらないっ」

「あひっ、熱い。ああああっ、すごいのを出されてるぅ」

日奈子もまた、濃厚な精弾を受け止めてのけぞり、涙をこぼす。

「ひ……あああっ、理那と……お兄さんといっしょに……おかしくなっちゃうぅ」

びくり、びくっと膣口が激しく収縮し、放たれた精に溺れていく。

ふたりの少女が絶頂する姿を目の当たりにして、博己の射精はいつまでも止まらなかった。三人が結ばれたまま、ベッドにどうと倒れる。

「は……ああ」

最後の一滴まで撃ち尽くした肉茎が、日奈子の姫口からゆっくりと抜ける。

処女膜まで届かずに、膣口のすぐ先で射精したのだ。

こぽ……こぽぽっ。

興奮してピンクに染まった肉扉で中出しの精液が泡立つ。

博己がティッシュに手を伸ばす前に、理那がするりとスリムな身体を滑らせた。

「うふ。エッチな液、出ちゃったね……」

理那は細い指でクラスメートの無毛性器をぱっくりと割る。

日奈子の膣口から、放ったばかりの熱を帯びた牡液がとろとろと流れ出した。

「あーっ、だめえ」

射精を受けたばかりの股間に理那が顔を寄せると、日奈子が悲鳴をあげた。

(なにをするつもりなんだ)

理那はためらいもなく、親友の膣口から漏れた、まだ熱い精液に舌を伸ばす。

ぺちゃ……ちゅっ。

ボーイッシュ少女がクラスメートの中出し膣に唇を重ね、子猫がミルクを飲むみたいに白濁を舐めている。

「ひゃんっ、あーん、理那にヘンなチューをされてる」

同性の膣口からあふれた中出し精液をおちょぼ口ですする女子小学生の姿は、ぞっとするほど淫らだった。

「んん……苦くて、ちょっと塩っぱい」

とまどうふたりに構わず、理那は花蜜と白濁液のカクテルを舌ですくい、口に運ぶ。

一瞬だけ、顔をしかめた。

「でも……日奈子の味と混じったら、嫌いじゃないよ」

ちゅっ、ちゅくっと音を立てて男女の蜜を味わい、理那は本気で楽しそうな笑みを浮かべる。

「だめぇ、理那ちゃん、汚いよ……あぁんっ」

こぼれる精液ごと、陰唇を舐められて日奈子が身をよじる。

膣口を亀頭でこね回されて絶頂したばかりだから過敏なのだ。

「うふ……あたし、男の人の味……好きになっちゃったかも」

理那は博己に向かい、これからもよろしくねと言いたげにウインクをしてみせた。

第六章　聖処女ふたりの熱烈奉仕

1

「うわ、参ったな。熱帯のスコールみたいだ」

買い物の帰りに、とんでもないゲリラ豪雨に遭ってしまった。

バラ館に戻った博己は、雨を吸って重くなった服を脱ぎ捨てた。

全裸になって、タオルで身体を拭きながら自室にある、巨大なクローゼットから下着をひっぱり出す。

どこからか、はしゃいだ声が聞こえてきた。

「雨、すごかったね」

「パンツの中まで、ぐっしょりです……サイテー」

（なんだ。どこかで女の子たちが騒いでるぞ）

ふたりの少女の声は、やけに反響している。

博己は耳をそばだてる。

壁でもない。廊下からでもない。

バラ館の二階にあがる階段は分厚いオーク材のドアで仕切られているし、もともとダンスパーティや大人数の客を呼んでの正餐（せいさん）もできる設計だから、階下の音は漏れてこないのが普通なのだ。

（あっ、バスルームからだ。声が反響して二階まで聞こえるのか）

もともと泊まり客のための設備で、猫脚のバスタブや真鍮製のシャワーヘッドなど、古き良き洋風の浴室だ。

館の裏手にある庭を眺めながら長風呂ができるように、窓は温室みたいに巨大なガラスが使われている。大叔母の言いつけどおり博己が手入れをしているが、このバスルームの窓拭きは、館でも五本の指に入る大変な作業だ。

浴室から続く御影石を床に張ったサンルームも息を呑む美しさだ。戦前にイタリアから職人を呼んで作らせたというステンドグラスで飾られており、柔らかな白木の床に裸で寝そべると、色とりどりのガラスを通した日光が差し込む。

「ひみつノート」に書き込む少女たちにとっても、この豪奢なバスルームはお気に入りの場所で、真夏はビニールプール代わり、冬は友だちとのお泊まり会気分で使われているらしい。

今、風呂に入っているふたりも、学校からの帰りにゲリラ豪雨に遭って、バラ館に逃げ込んだのだろう。

(でも、クローゼットでバスルームの声が聞こえるとは知らなかったな)

バラ館の一階では、政治や経済にかかわる客同士の会話を盗み聞きして情報を得たり、弱みを握ったりするための隠し通路が作られている。

しかし、バスルームにだけ隠しスペースがないのだ。

トイレにまで設けられたのぞき穴だが、湯気のこもるバスルームでは泊まり客に発覚しやすいのか、または設計の上で無理だったのかと思っていた。

だから隠し通路から少女たちの秘密の行為を窃視できる博己も、バスルームでの会話だけは知らない。

ざあっと、お湯から人があがる音がした。

「ふわあ、やっとあったかくなったぁ」

「風邪を引かないように、あとで髪を乾かさないとね」

バスルームの音が、鮮明に聞こえる。

クローゼットの壁には、古びた真鍮のパイプが口をあけていた。

(なるほど、換気パイプを伝ってくるのか)

昔の船で使われていた伝声管のような役割を果たしているのだ。

これで一階にあるすべての部屋の話し声を聞くことができるとわかった。

館を建てた女主人は、客たちの秘密に聞き耳を立てられたわけだ。

「えーっ、そんなにサービスされたなんて、ずるい」

カナリアみたいに澄んだ、高い声に聞き覚えがあった。

(千沙都ちゃんだ。お風呂に入ってるんだな)

博己がこの館に来て、はじめて秘密の関係になった公立小の五年生だ。

勃起したペニスや男女がからんだイラストを「ひみつノート」に描くのが大好きな、好奇心のかたまりみたいな少女だ。

初対面の博己に自分からスカートの中を晒して挑発し、男性器を見せてほしいと頼んできた。そして互いの手で性器を刺激し合い、博己はくりっとした目の妖精みたいな少女の顔にたっぷりと精をぶちまけたのだ。

とても早熟でエッチな、明るい女の子だった。

「でも、千沙都ちゃんだって……してもらえたんでしょう」

千沙都よりもいくぶん低い、落ち着いた声が続く。

「あたしは指だけだもん。いいなあ……エッチなとこまで、チュッチュしてもらえたなんて」

「ふふ。そうね。わたしは運がよかったかも。でも目隠ししていたし、お兄さん……名前は博己さんだっけ。彼とはお話もしていないのよ」

会話がなかったという言葉に、博己は残る少女がすぐにわかった。

（紗英さま……いや、紗英ちゃんだ）

千沙都とは違う、私立ドナマリア学園のお嬢様だ。

（いかん。ついさま付けにしちゃうな）

館のトイレで後輩の放尿シーンを鑑賞したうえ、制服のリボンで椅子に拘束して、指だけで絶頂させたクールな女王様だ。

「ひみつノート」でも、ドナマリア学園だけでなく、学校では会わない公立の少女たちからも慕われているようだった。

けれど博己は紗英の、女王様キャラとは違う面を知っている。

目かくしと椅子に拘束された姿に惑わされ、博己が後輩のふりをしてクンニリングスを施すと、甘えんぼうの子猫みたいに、にゃんにゃん悶えてくれた。

大人びたクールな美少女という雰囲気と、愛撫に負けてかわいらしく乱れるギャップが、紗英の魅力を何倍にも増している。

「でも……紗英さんは六年だし、おとなっぽいからいいけど、あたしは日奈子がうらやましいな。まだ四年のくせに……おチ×チンを挿れてもらうなんて」

「理那ちゃんと日奈子ちゃん、他の女子にすら興味がなさそうだったのに、あっさり男の人には大事なところを許したのね」

バスルームの会話に博己はドキリとした。

四年生の理那と日奈子、幼い同性カップルとの禁断の行為で膣内に放ったのはつい数日前のことだ。ふたりが他人に話さなければ、広まるはずはない。

(もうバレたのか。女の子同士のネットワークってすごいな)

ざあっと湯があふれる音が聞こえる。

どうやら、紗英と千沙都がいっしょにバスタブに入ったようだ。

「もっとずるいのは神崎先輩。バラ館に入れるのは小学生までって決まりをやぶって、お兄さんと……ぜんぶエッチしたんだもん」

頬をふくらませる生意気盛りの顔が目に浮かぶ。

(まいったな。俺が奈緒ちゃんの処女をもらったのも知られてるなんて)

「ふふ。聞いていると千沙都ちゃんは……博己さんともっとエッチなことを経験したくてたまらないみたいね」

ざっ……と湯の中で人が動く。

「……んっ」

「ほら。エッチな話をするだけでぷっくりふくらんで……」

ちゃぷ、ちゃぷと小さな水音が繰り返される。

「あっ、だめ。はぁぅ」

千沙都の声は言葉になっていない。

「こっちも……くにくにしてあげる。千沙都ちゃんったら、成長が早いんだから」

「ふ……ひぁんっ、だめぇ……深い」

(ふたりで何をしてるんだ。声だけなんて生殺しだよ)

途切れがちな甘い悲鳴に、博己の体温があがる。

他の部屋とは違い、バスルームにはのぞき穴がない。

館に越してくる前なら、少女たちの秘密の声を聞くだけで大興奮だったろう。

けれど、隠し通路から幼い彼女たちの禁断の行為を幾度ものぞき、本物の少女の肌や秘められた陰裂の感触や匂い、そして味まで知った今の博己は、音声だけではとても満足できない。

「見える？　二本も入っちゃった。おチ×チンを迎える練習のやりすぎよ」

「ひん……ひゃんぅ、ごめんなさいぃ……はあっ、トントンしないでぇ」

じゃばじゃばと湯の中で、千沙都が暴れているようだ。

勃起ばかりが加速して、理性が働かない。

(くぅっ、ふたりのお風呂をのぞきたくて、チ×ポがちぎれそうだ)

ゲリラ豪雨でぐしょ濡れになった服を、ぜんぶ脱いだばかりだ。

けれど悠長に服を着ていては、紗英と千沙都のお遊びを見逃すかもしれない。

小学生の風呂でのレズプレイ、それもこの館に遊びにくるなかで、とびきりの美少女コンビなのだ。

博己はそっと部屋を出ると、前かがみで暴れる肉茎をなだめながら階段を下りる。

バスルームは館のいちばん奥だ。

丁寧にニス塗りされた長い廊下を進む。

脱衣所に続くブルーのドアをあける。

ふだんから博己が手入れをしているから、古くてもきしまない。

広めの脱衣所は、いつもなら古い木の匂いしかしない。

けれど今は、少女たちの甘くて香ばしいアロマに満ちている。

匂いの元は、棚に置かれた服だ。

ほとんど濡れていない、白いブラウスと紺色の吊りスカートがきちんと畳まれ、その所有者を示すように茶色のベレー帽が乗せてある。下着は見当たらない。きっと、ドナマリア学園の制服の下に隠してあるのだろう。

その脇には赤いハートが散らされたTシャツとデニムのハーフパンツが抜け殻みたいに置いてあった。こちらは隣のドナマリア学園の制服とは違い、豪雨に直撃されてぐしょ濡れだ。白い女児ショーツはくしゃっと丸まっている。

「あん……紗英さんの中、すっごくあったかい……」

「は……あんっ、エッチなんだから……」

突き当たりのくもりガラスをはめたドアから、少女たちの秘め声が漏れてきた。

博己はドアに顔を寄せた。

(うん？　急に静かになった。何も聞こえないぞ)

ガラスに耳を当てた瞬間、大きくドアが開いた。

「うわっ」

驚いた博己の前に、甘い香りの湯気が流れてきた。

四本の素足がそびえていた。ギリシャ神殿の大理石の柱みたいにすらりと伸びている。バスルームの窓から差す日光で、湯の粒がきらきらと輝いている。

「あ……あのっ」

ボクサーブリーフ一枚の情けない姿で、浴室に転がり込んでしまった。うろたえる博己の肩を、左右からつかまれた。

「せーのっ」

二本の小さな手で、浴室にひっぱり込まれる。

2

ふいをつかれては、大の男でもバランスを崩す。

(うう、のぞこうとしたのを見破られてた。しかも裸だぞ)

下着だけの姿で、湯で濡れたタイルに手をついた。

おまけに、ふたりの淫らな会話に刺激された勃起は鎮まらない。

「ほら、千沙都ちゃん、やっぱりすぐに来たでしょう」

博己に向かって右に立つ足は爪が桜色で、足首がきゅっと引き締まっている。ふくらはぎに女らしい丸みがつきはじめ、太ももまでうっすらと日焼けした健康的な肌が、上気して薄桃色に染まっていた。

タオルで隠してすらいない全裸だ。

「わたしとちゃんと話すのは、はじめてよね。博己さん、みんなとはだいぶ……いろいろしたみたいだけれど」

紗英の口調は叱責するみたいに強かったが、声には親しみが混じっていた。

(ひとことも話さず、舞衣ちゃんのふりでクンニをしたのに、あんまり怒っていないのか……よかった)

肩と腰に、ワンピースのスクール水着の跡が残っている。

もともとは色白なのだ。とはいえ不健康な白さではなく、温かみを感じる、クリームみたいに柔らかな肌だ。

小学校の最上級生らしく、乳房は手のひらサイズで女らしい。スクール水着よりもかわいいビキニが似合う体形に育ちつつあるのだ。

乳房のふくらみに対して、先端にちょんと乗った乳首はすでに女らしいが、色はまだ幼い。乳頭は低く、乳輪も淡い桜色だ。

（ああっ、すごくきれいだ。最高の女の子だ）

このバラ館で多くの少女たちの裸を見てきた博己だが、紗英の美しさは別格だ。

まるでローマ時代に神殿に飾られた彫刻みたいに完璧なのだ。

「何もいわないで眺めているだけなんて、いやらしいわ」

「あ、いや、その……」

だが博己は、目の前の裸体から視線をはがすことができない。

脚の付け根には雪原みたいになだらかな恥丘がある。

その中心に刻まれた縦割れの溝はくっきりと深い。

水草みたいな生えはじめの和毛が数本、恥丘に貼りついていた。

第二次性徴がはじまった下半身が、子供から大人になる時期の、アンバランスな魅力で博己の頭の中を桃色に染める。

（紗英ちゃんのオマ×コの複雑な味……お尻の穴を舐めると恥ずかしがる顔……ぜんぶ覚えてるっ）

紗英の隣に並んだもうひとりの足はもっと小さく、濡れたタイルの上で指がくりんと丸くなっている。

「うふ。お兄さんったら、かわいい」

五年生の千沙都の足は、紗英と一歳しか違わないのに小さくて子供らしい。柔らかそうな足だ。膝には擦りむいた傷が残っている。太ももはまっすぐで、まだ性的なふくらみにはとぼしい。

「女の子のおふろをのぞくなんて、エッチだね。それに……おチ×チン、ぴくぴくしてる。あたしたちのハダカをみたから？」

平均身長より低い百三十センチ代だから、千沙都のヌードは西洋画に描かれた天使みたいな清純さだ。

下腹はつるりと平たい。恥丘の頂点に刻まれたベビーピンクの恥裂はとても頼りなくて、内側に三つの穴を隠しているとは信じられないほど狭い。

(千沙都ちゃんはオマ×コの穴よりも、縁を撫でるのが好きなんだよな)

密室で相互オナニーに夢中になった日を思い出す。

「でも……あたしもエッチだから、あいこだね」

「のぞきを見つかったのに、まだ大きくしたままなんて、恥ずかしいわね」

完全に優位に立ったふたりの少女は笑みを浮かべる。

「そうだわ。わたし、博己さんに質問があるのだけれど」

紗英は尊大な態度で、這いつくばった男を見おろす。

「あの、なんで裸かというと、大雨、ゲリラ豪雨で濡れて……」

博己はおずおずと顔をあげる。

「違うわ。そんなくだらない質問じゃないの」

紗英はふくらみはじめた乳房を隠すように両腕を組んでいるけれど、恥毛が生えはじめたばかりの恥裂は丸出しだ。

「博己さんは中学生の神崎先輩はともかく、四年生の日奈子ちゃんとも……その、ええと、最後まで……したんでしょう」

長い黒髪が湯気でしっとりと濡れて、幼い女王様の表情を大人っぽく見せる。

「わたしとは……途中で逃げちゃったのに」

まっすぐに伸びていた脚がいつの間にか内股になり、つま先が落ち着かずにタイルの上でもじもじくねっている。

「わたし、嫌だなんて言わなかったのに。勝手に逃げるなんて、ひきょうだわ」

すねた唇から出る言葉は強いが、澄んだ瞳は潤み、腕組みした手は震えている。

「この前の続き、やり直し。リベンジ……しても、いいのよ」

(紗英ちゃん……やってほしがってるのかっ)

ボクサーブリーフの峰にじわりと先走りが染みる。

「も……もちろん、ぜひっ」

餌をもらった飼い犬みたいに吠えてしまった。

「うん。よろしい」

床に這ったままの博已に向けて、紗英は唇をちろりと舐める。

(ああ……紗英ちゃんの唇とオマ×コって、すごく似てるんだ)

博已が顔をあげると、発毛したばかりの恥裂が視線を受け止めた。

「あたしは……お兄さんにおこってるの」

会話に千沙都も加わった。

「あたしとふたりきりになったとき、どっちもエッチなきもちだったのに、お兄さんったら、指であたしを……その、アンアンいわせてから、あたしの顔に白いのをかけて……でも、それで終わっちゃったよね」

相互オナニーだけで、博已が満足してしまったのを責められる。

「神崎先輩や、日奈子にしたみたいに……あたしにも」

五年生とは思えない、男をとりこにするつぶらな瞳で博已の視線を誘いながら、ゆっくりとドアに向かっていく。

太ももの付け根がふくらんだだけの、まだ青いロリータヒップが揺れる。

双丘に大人のような肉づきがないから、滑るタイルの上を大またで歩くと谷間が割れて、内側が見えた。

谷の浅瀬にはちょこんと小さな星形の窄まりがある。深い場所には新鮮な貝肉を向き合わせたような姫口が待っていた。その奥には千沙都がきゃんきゃん鳴く、極小の快楽スイッチが埋まっているはずだ。

「サンルームにいこうよ。きっとあったかくて、あかるくて楽しいから」

無邪気な口調で発せられた淫らな誘いに、博己はバネじかけみたいに立ち上がる。

「わたしも行く。でも博己さん、お風呂でパンツを穿くなんてルール違反よ」

背後から幼い女王様に命じられて、博己は先走りで汚した下着を脱ぐ。

ぱちいんっと下腹を叩いた大人の勃起肉に、紗英が目を細める。

「ふふ。これで三人とも裸ね」

(紗英ちゃんと千沙都ちゃんが俺を誘ってる。夢みたいだっ)

バラ館の見事な植栽に面したサンルームは、バスタブに湯を張ると、熱気が回って温室のように暖かくなる。

湿気と温度が、熱帯のジャングルを思わせる。

半球に近いドームの屋根にはステンドグラスがはめられ、聖人たちの姿がベネチア産の鮮やかな色ガラスに浮かび上がる。

日光がステンドグラスを介して無数の色彩に変わり、万華鏡のように床を照らす。

床は黒い御影石だが、裸で寝やすいように一定の間隔で白木の板が貼ってある。

「えへ。恥ずかしいけど……えいっ」

サンルームの中心で白木の床にぺたんと座った千沙都は、博己に向かって子供っぽく笑うと、伸ばした脚を高くあげた。

子供だから関節が柔らかい。座ったまま脚をあげ、お尻だけでバランスをとった。

空中で扇のように広がった細い脚がVサインを送ってくれる。

「う……千沙都ちゃんのオマ×コが光ってるっ」

まったくの無毛で浅い陰裂を奥まで晒し、ベビーピンクの姫口で博己を誘う。

陰裂が湯とは違うとろみで輝き、左右対称の扉の中心に極小の花が咲いていた。

桃色の穴を見せつけるように陰唇がひくつく。

(ああっ、ぱっくり開いてチ×ポを待ってる)

五年生とは思えない準備万端の処女地に驚いていると、背後から紗英がささやく。

「お風呂で、わたしの指が二本も入っちゃった。ずっと男の人……いえ、博己さんにしてもらうために、自分のお指で練習していたんですって」

とん、と背中を押された。

「ああ……千沙都ちゃんっ」

もう止まらない。大人の羞恥心など働かない。

脚を高く持ち上げた千沙都の前に伏せる。

「あーん、お兄さんの顔、ちかいっ」

縦割れの肉唇にキスをする。

「にゃあっ、なめるの……だめぇ」

「エッチなことをする前のご挨拶だよ。もっと脚……開いて」

「うう……ごあいさつなんだ……」

館のソファで千沙都の膣口をまさぐったときにも、少女の性器の柔らかさに驚いたものだ。男の唇に負けてふにゃりと変形する陰唇はまだ幼い。

桃色の幼洞の脇から、挿入を助けるための花蜜がじくじくとにじんでいる。花自身が手折られるのを待っているのだ。

千沙都を指で絶頂させたときを思い出す。陰唇ごと雛尖と膣口を包んで擦ってやるのが大好きだったはずだ。

繊細なガラス細工を思わせる膣口の縁を舌ですっとなぞる。

「ん……はあっ」

上体を起こし、後ろに手をついた千沙都がのけぞる。

大人の男が中指と親指で作った輪だけで足首を支えられるほど軽くてしなやかな脚。

その付け根に顔を当てて、博己は幼蜜を味わう。

お風呂に入っていたけれど、しっかりと千沙都の甘い体香は残っていた。

クリトリスを包んでいるはずの莢は、ほんの小さな粘膜の盛り上がりにすぎない。

「ひゃんっ、やあん」

目視できない雛尖を探って唇を当てると千沙都が悶えてくれる。

わざと舌を遊ばせ、ちゅっと音を立ててみる。

「は……ああん。チューチューすわれちゃう」

生意気でおしゃべりな妖精が、泣きそうな顔で自分の股間に伏せた男を見おろす。

(感じすぎて、困り顔になってる。なんてかわいいんだ)

脚をつかんでいた手を腰にずらす。

「寝てごらん。もっといっぱいしてあげる」

「……うん」

湯気を吸って湿った白木の床に少女を横たえる。

首がとても細い。鎖骨のラインはまだはっきりと浮いていない子供の身体だ。

ふくらみはじめた乳房は小さなパンケーキみたいだ。ホイップクリームの代わりに、薄桃色で、横に長い楕円の乳輪がちょこんと乗っている。乳首は小粒で、将来ママになって母乳を出すとは信じられないほどかわいらしい。

「あの……あたしも、ごあいさつ……」

アンバランスなくらい大きめの口が、千沙都のかわいらしさを引きたてている。

「……ごあいさつしたいの。お兄さんの……おチ×チン」

桃色の唇をぺろりと舐めて用意している。

「くう、千沙都ちゃん、なんてエッチな子なんだっ」

ソプラノで聞こえる淫語が、博已の脳を直撃した。

3

「おいで。ふたりでおたがいにご挨拶しよう」

小柄な妖精に成人男性の体重をかけるわけにはいかない。

博己は千沙都の腰を抱いて横にくるりと回る。

「あはっ、ひっくり返されちゃった」

男が少女の下敷きになった、シックスナインのかたちだ。

博己の上で千沙都は平泳ぎのポーズ。眼前には幼裂がある。

透明な処女露を染み出させる膣口はピンクの花びらに飾られて刺激を求めている。

ミツバチが蜜をもらい、花粉を散らすように舌を姫口に当てて優しく震わせた。

「ん……はあっ、指でされるより気持ちいいよぉ……」

千沙都の声が博己のみぞおちに染みる。

少女の唇を求めて、博己も脚を開き、背中を丸めて肉茎を突き上げる。

けれど、望んでいるフェラチオの刺激はやってこない。

「あーん、おチ×チンにごあいさつしたいのに、とどかないよ」

百三十センチ台の千沙都は、身長差のせいで肉茎にキスできないと訴える。

「だいじょうぶだよ。手で触ってくれるだけでもいいんだ」

五年生少女の初フェラチオはもちろん魅力的だ。けれど、自分の唇と舌を楽しませてくれる幼裂から口を離したくない。

「あっ……」

千沙都がなにかに驚いている。

いきなり亀頭が柔らかなぬくもりに包まれた。

「んふ……ご挨拶はわたしが千沙都ちゃんの代わりにしてあげる」

しっとりと上品な声が聞こえ、ちゅぴっと水音が続く。

「ああん……紗英さん、エッチだよぉ」

逆向きで重なった千沙都の前で、ロングヘアの美少女がはじめて接する牡肉を口に含んでいる。

「はぁん……カチカチで、震えてる」

唇で肉茎を包んだ少女が目を丸くする。

「くうぅ、紗英ちゃんの口が……あったかい」

博己が悶えると、柔らかな舌が先太の肉茎をくすぐる。

「紗英さんがおチ×チンにキスしてる。そんなに太いの、食べちゃうんだ……」

博己の顔に陰裂を押しつけた千沙都が、目の前の景色を実況してくれる。

「んん……ふ、男の人って、こんな味なんだ……んふぅ」

細身のペニスとはいえ、六年生の口では硬い勃起をもてあます。

亀頭をぱっくりと含んだところで紗英の動きが止まった。

「棒をにぎって動かすとうれしいって、お兄さんがおしえてくれました」

手で博己の牡液を搾った経験をもつ千沙都がアドバイスしている。

「ふふ。じゃあ……ふたりでご挨拶をしましょう」

紗英の言葉に続いて、反り返った肉棹が千沙都の小さな手で握られた。

柔らかい手のひらと短い指がにゅく、にゅくっと巧みなストロークでしごきはじめる。千沙都がいちどの経験だけで身につけた指奉仕だ。

ちゅ、ちゅぷっ。

千沙都が手で肉棹を上下に動かし、亀頭は紗英の口中で洗われる。

「う……ああっ、紗英ちゃんの口の中……チ×ポがとける」

肉茎の芯から強烈な悦が走り、陰嚢がきゅっと縮む。

「んふ。先からトロって出てきた。あん……海の水みたいな味ね」

紗英の舌が尿道口を這い、ちろちろと先走りを舐められる。

「あは、紗英さんの顔、すごくエッチです。おチ×チンも嬉しそう」

伝い落ちる唾液を、千沙都が肉軸でにちゃにちゃと泡立てる。

少女の握力だからたかが知れている。ぎゅっと握られるのが心地よい。

「ああっ、感じるよ。ふたりにされて、チ×ポが嬉しくなる」

小学生のコンビ奉仕が未経験の快感を与えてくれる。

亀頭をしゃぶる紗英と肉棹をしごく千沙都のペースや強さが違うから、一秒ごとに快楽の湧くリズムが変わるのだ。

「ん……はぁん、もっと……出ないかしら」

お嬢様はカウパー液の味がお気に入りらしい。

「あーん、カッチカチで、かっこいい」

紗英が尿道口を強く吸うのと同時に、千沙都が鍛鉄のような幹をしごきあげた。

陰嚢がきゅっと緊張し、肉茎の根元に当たってびくんと痙攣する。

「あう……あああっ、チ×ポが痺れるぅ」

博己は思わず腰を浮かせた。

「んく……ん、のどまで博己さんの味でいっぱい……」

「ひゃん、手の中であばれてる。ほーら、よしよし」

女王様と妖精、タイプがまるで違うふたりが博己を追い詰めていく。

(この調子じゃイカされる。ダメだ。ふたりともチ×ポを挿れてほしがってるのに)

ふたりから受けた口唇奉仕の快感に溺れて、とても続けられていなかったクンニリングスの再開だ。

みぞおちに力を込めて発射をこらえ、目の前でひくひくと震える千沙都の無毛恥裂にしゃぶりついた。

小さな豆を内側に隠した莢をとん、とんと舌でノックする。

「あ……あーんっ」

千沙都が甘い悲鳴をサンルームに響かせた。

「あら。千沙都ちゃんったらエッチな声を出して……博己さんにぺろぺろされるのが大好きなのね」

紗英が亀頭に唇を当てたまま微笑む。千沙都とは一学年しか違わないのに、雰囲気はずっと大人だ。

「はあん……だってお兄さんの舌って、あたしの指よりも……あたしのきもちいいとこを知ってるんだもん……」

バージン少女にクンニを褒められるのは光栄だ。もっと感じさせてあげたくて、博己は舌だけでなく指も使う。ローズピンクの姫口に人差し指をゆっくりと沈ませる。

（お風呂で紗英ちゃんにいじられてほぐれたんだな。この前よりも、ずっと奥が柔らかい）

熱いぬかるみが指にからみ、ちゅぷんとかわいらしい水音を立てる。

「あっ、ああ……お兄さんの指が動いてるぅ」

関節をわずかに曲げて細かい襞を探ってやると、じわっと花蜜があふれた。

「はあう……うっ、あーん、そこの名前、お兄さんに教わったよね……ああっ、お……オマ、オマ×コの中がさみしいの。もっと……太いのでいじってぇ」

肉茎を握る手に力が入る。

「これ……これで、あたしの……オマ×コを……ああん」

まんまるの五年生ヒップが踊り、幼蜜をたらりと博己の顔に垂らす。

「オマ×コをかわいがって……」

振り返った顔が真っ赤だ。くりくりの瞳がまっすぐに博己に向き、への字にした唇を嚙んで恥ずかしそうにお願いしてくる。

「くうっ、千沙都ちゃん、かわいがるよっ」

涙目で挿入を求める甘えんぼうの子猫の腰を抱く。

(こんなに細い腰だ。奈緒ちゃんのときみたいに騎乗位が楽だろうか)

百三十センチ台の少女への挿入だ。博己の体重がかからず、千沙都が自由に動ける体位がいいだろう。

けれど、博己が悩んでいるあいだに、千沙都は床にはめ込まれた白木の板の上に横になってしまった。正常位では千沙都の身体に負担が大きいだろう。

「うふ……あのね、好きななマンガとか、あと……すてきな映画でみたの。チューしながら……上からあたしに……いれて」

千沙都が夢想した処女喪失は、男女が抱き合える体位なのだ。

(そういえば「ひみつノート」に千沙都ちゃんが載せてたエッチなイラストも正常位ばかりだったな)

鉛筆をぎゅっと握って、ノートに裸の男女のからみを描く少女の姿を想像する。

(最高の初セックスを経験させてあげたい)

湯気が立ちそうなほど勢いを増した勃起肉に、紗英が目を細める。

「千沙都ちゃんのおねだり、とってもかわいい」

「うふ。紗英さんの前でエッチするの、はずかしいけど」

期待と不安に頬を染めた少女があお向けに寝転んで、おずおずと脚を開いていく。

細くて頼りない太ももを優しくつかむと、博己は腰を進める。

熱い穂先が、つるつるの恥丘に咲いた雪割草の花びらに触れる。

指や舌ではわからなかった、幼膣のはかなさを亀頭で感じる。

「ああ……挿れるよ」

一ミリ、二ミリ。柔襞をかき分けて穂先が沈んでいく。

「くうぅ、千沙都ちゃんの入り口が狭くて……ああっ、でも開いていくっ」

亀頭の半ばまで収まった。

「ひゃ……あんっ」

千沙都が首を振った。黒髪が左右に揺れる。

「痛かったら、すぐにやめるよ」

「……ううん。いいの。痛いかもだけど、それより……」

ぷっくりとふくらんだ下まぶたから涙があふれそうになっている。

「中がさみしいの。チューしながら、いれて」

妖精のような少女が腕を伸ばし、博己の肩に手を当てた。

「ああっ、千沙都ちゃんっ」

無垢な唇に吸いつく。

溶けかけのストロベリーチョコみたいに甘く、温かい。

「ん……は、ああん」

千沙都のため息が、博己の唇から流れ込んできた。

少女の吐息が博己の舌を濡らし、脳を痺れさせる。

「う……くううぅ」

姫口が緩んだ。

「あ、あ、あああんっ」

に……にゅぷうっ。

反り返った亀頭冠が少女の膣口を巻き込み、膣道に姿を消していく。

「は……ひんっ、ああ……うれしい。はいってくる……」

博己にしがみついて、千沙都ははじめての異物を受け入れる。

極狭の洞窟を牡の兜が押し広げる。

「くうっ、千沙都ちゃんの中……きついのにぬるぬるで、温かいっ」

亀頭の裾がぷりっと膣道に収まって、宝石みたいに輝く陰唇が裏返った。

「は……ああっ、つながってるぅ」

いちばん太い部分が膣口を乗り越えると、あとはスムーズだ。ずぷ、ずぷっと少女の膣道に、肉茎が沈んでいく。

「あ……はああっ。ヘンな感じ。でも、痛くなかった」

細身の肉茎だからこそ、喪失の痛みを最小限にできたようだ。

「ああ……千沙都ちゃんの中に、博己さんのおチ×チンが入ってく……」

正常位でつながるふたりの後ろで、紗英がほうっと息を漏らした。

4

「うふ……なんか、ふしぎだね。あたしのなかにお兄さんがいるみたい……」

肉茎の半ばまでが、千沙都に吸い込まれている。

亀頭冠を包んだ膣襞は、無数の輪ゴムを重ねたみたいにこりこりときつい。

破瓜の痛みはもちろんあったはずだ。けれどバスルームで同性の紗英の指で準備され、丹念なクンニリングスを受けた処女の洞穴は柔らかくほぐれていた。

「千沙都ちゃん、ほんとうに痛くない……？」

博已を心配させまいと無理をしているのかもしれない。

「うーん、さっきはチクッとしたけど、お兄さんがきもちよさそうだから、あたしもがんばれたの」

千沙都は博已の胸に頭をぐりぐりと当てながらはにかむ。

「ああ……すごく嬉しいし、気持ちいいよ」

「お医者さんの注射みたい。打つまえはこわくて泣きそうだったけど、ほんとにするときは、たいしたこと……ないかも」

千沙都はがんばって、口角をあげて微笑んでくれる。

処女膜が破れる瞬間は実感できなかった。

それどころか処女地は、想像以上に肉茎を歓待してくれた。

処女、それも小学五年生の未成熟な性器は、オブラートみたいにデリケートだろうと信じていた博己には意外だった。

「うふ。中でおチ×チンが動いてるの、わかるね」

細い脚をうれしそうにばたつかせている。

（こんなに気持ちいいオマ×コが世の中にあるなんて）

柔らかな無数の粘膜襞が亀頭冠をさすり、きつい膣口が肉茎を締める。

「痛いよりも……あのね、指より、ずっと、ぴったりなの」

ずっとコンプレックスだった短小ペニスも、もしかするとこのバラ館で少女たちと出会うために与えられたプレゼントかもしれないと思えるほどだ。

動かずに肉茎を沈めているだけで快感が増幅していく。

（射精なんかしなくてもいい。つながってるだけで最高だ）

身長差のせいで、胸のあたりに少女の体温を感じる。つやつやで絹糸みたいな黒髪を撫でると、きゃっきゃっとくすぐったそうに頭を振る。

「ね、お兄さん、これ……どうかな？」

いたずらっぽく瞳が輝く。

互いの嵌合（かんごう）を確かめるみたいに細腰が揺れた。

「う……あうっ」

きゅんきゅんと膣襞で亀頭冠を撫でられ、博己は突然の快感にうめく。

花蜜まみれの膣道が肉茎を絞る。

「うおおっ、千沙都ちゃん、動かないで」

強烈な締めつけに負けてしまいそうだ。亀頭の縁を何本もの舌で舐められるような感覚で、下半身がじんじんと痺れる。

「だって……お兄さんとつながってると、しあわせだもん。ダンスしたくなる」

千沙都は無邪気な表情で腰を縦と横に振り、さらに回して博己の反応をうかがう。

「くうっ、生意気なオマ×コで大人をからかって……なんて悪い子なんだ」

バージンを失ったばかりのロリータに翻弄され、情けない声を漏らしてしまう。

肉茎の根元が膣口で絞られているから逃げられない。

「あふぅ、ほんとうにイキそうだっ」

粘膜の踊りに揉まれる穂先が張り詰めていく。

（チ×ポが吸われる。ひっぱられるっ）

まだ青い子宮が健気にバキュームして、狭い膣道を奥まで招くのだ。

「あ……ううっ」

ぴったりと根元まで膣道に収まってしまった。

（まさか、こんな子の中にぜんぶ入るなんて）

少女の身体は神秘そのものだ。

「あーん。あたし……おチ×チンを挿れられるの、好きかも……」

にちゅっ、ちゅぷっ。

幼膣がはじめての挿入にとまどいつつも喜んで、たらたらとよだれをこぼす。狭隘な五年生穴の奥からたっぷりと潤みをまぶされて、結合部が泡立つ。

「とってもいい眺めよ」

正常位でつながるふたりの背後から、紗英がささやく。

「千沙都ちゃんのかわいい穴に、博己さんの……おチ×チンが埋まってる」

結合部のすぐ後ろから声が聞こえる。

紗英は博己の脚のあいだに伏せて、尻肉に顔を寄せていたのだ。

気品さえ感じる美少女の湿った吐息が、陰嚢を震わせる。

「うう、紗英ちゃん、近いよっ」

男性器の裏側は無防備で恥ずかしい。

「もっと近くで、してあげる」

博己が振り返る前に、紗英がふうっと尻の谷間に息を吹きかける。

「く……あぅ」

男の肛門がこれほど敏感だとは知らなかった。

くすぐったさにも似ているが、もっと蕩けるような感覚に背中が震える。

温かい十指が博己の尻肉を割り、陰嚢から尾骶骨(びていこつ)までの谷間をあらわにした。

「あはは。男の人もここが感じるのね」

声変わりがはじまったばかりの、六年生少女の大人びた声が肛肉を温める。

ぴちゅっ。

私立学園のお嬢様の舌が、男の排泄器官に触れた。

「あ……ううっ、だめだよっ」

他人に肛肉を刺激された経験などない。けれど、博己の肉体は悦んでしまった。

(くぅぅ、女の子に尻を舐められるなんて)

紗英の舌から逃げようと腰を前進させる。

「は……っ、ああーんっ」

正常位で突かれた千沙都が甘い悲鳴をあげる。

挿入が深くなって、博己の陰毛が雛尖や尿道口をくすぐったのだ。

「あーん、お兄さん……もっと動いてぇ」

あお向けでつながった千沙都は博己の肩を引き寄せる。

「おチ×チンが奥でびくんびくんしてる。んーっ、あたし、これ、好きぃ」

小さな裸体が腹の下で悶える。

背後からは紗英の肛門奉仕が続く。

「んふ……博己さんにお尻を舐めてもらったとき、恥ずかしいけれど感激しちゃったの。お礼よ。きっと男性もここにキスされるのは好きでしょう」

紗英が後輩の舞衣とアブノーマルな同性プレイにふけった日のことだ。

望んで椅子に拘束された紗英の性器を博己は丹念にしゃぶり、お嬢様の肛門をねちっこく味わった。ついには紗英がアヌスへの刺激だけで絶頂を迎えていた。

アヌス奉仕の快感を博己にも体験させようとしてくれる。

ちゅむぅ、ちゅっ。

家族といっしょにケーキを食べたり、学園の同級生とコーラスで歌ったり、自室のベッドでぬいぐるみに話しかけたりするためにある美少女の唇が、男の排泄器官に吸いついて神聖な唾液をにちゃにちゃと広げるのだ。

残る片手で陰嚢をまさぐられる。

「おーうっ、ああう、タマをさすられて……ひいいっ」

肉体の快感と背徳感が掛け算になって、視界が歪むほどの悦に悶えてしまう。

最初は窄まりの縁をさまよっていた濡れ舌が、ちょん、とんと中心を突く。

「んむ……博己さん、お尻を開いてくれたら、もっと気持ちよくなれますよ」

快楽があまりにも大きくて頭が働かない。

博己は脚を広げて尻の谷を晒す。

「くああっ、紗英ちゃんに舐められて……たまらないっ」

窄まりの中心に、尖った舌が穿(うが)たれる。

「くーあ、あふぅ」

初体験の肛門性感が博己を狂わせる。

背後からの狂悦にかくかくと腰を動かすと、勃起肉は千沙都の膣道をえぐる。無数の膣襞が牡肉の軍門に下り、撫でつけられるままにざわめく。

「お……あーんっ、びりびりきてるの。はあううっ、おチ×チンさん、あたしをきもちよくしてくれて……ありがとうなのっ」

天真爛漫な雰囲気をかもし出す、くりんと大きな目は焦点が合わず、ぷっくりふくらんだ愛らしい唇は閉じられずに、だらしなくよだれを垂らす。

ふくらみはじめの乳房の先で、極小の小粒乳頭が尖っている。

「あは……千沙都ちゃんの奥まで、かわいがってあげて」

紗英の舌が肛肉の門をくぐって、ねちねちと内側を舐める。

「あんう、ああう……お尻をされたら出る、すぐ出ちゃうっ」

博己は限界だった。ペニスは五年生のキツ穴に咥えられ、未知の性感帯だった肛肉は六年生に舐め責めされる。

紗英の舌に操られて、かくかくと腰を振れば、その動きが千沙都の秘め窟が受け止めて肉茎を絞る。快感が無限に増幅するのだ。

「ひゃ……あんんっ、だめ。おかしくなるぅ」

千沙都は絶叫して全身を震わせた。

「おチ×チン、好き。おチ×チン、好き。おチ×チン……好きぃ」

淫語を連呼して全身を震わせる。

思春期前のおっぱいは汗で濡れて光っている。

小さな手が博己の肩に食い込む。

唇が開いて真っ白な前歯がのぞき、キスをせがむ。

「く……千沙都ちゃんっ」

唇を重ねると、千沙都の舌が博己の歯を撫でる。

とても細い舌だ。頭も小さくて、肩は薄い。

(俺は、こんな幼い女の子に生でチ×ポを挿れて……っ)

だが、罪悪感を打ち消すほどの快感が肉茎を痺れさせている。

「ひゃん……ひもちいいよぉ……」

純潔を失ったばかりの小柄な小学五年生だというのに、生意気な妖精は、ちゃんと挿入でエクスタシーに達したのだ。

「んーむぅ、あはぁ……ひくひくしてる」

千沙都の身体ががっくりと脱力しても、背後の紗英は止まらない。

「あう、あ、あああぁっ、出るぅっ」

博己は肉茎を最奥まで埋めて、首を振る。

ど……どくっ、びゅくううっ。

「か……はぁぁ、千沙都ちゃんの中……オマ×コに出すよっ」

「ひああん、熱い。博己さんの……あかちゃんの素。んーっ、やけどしちゃうよぉ」

どくり。どくぅ。

身悶えする千沙都の最奥を白く染めていく。

「ああ、すごいわ。博己さんの……タマのところがきゅっと縮んで……」

射精を続ける博己の背後で、紗英は陰嚢に鼻をすりつける。

大量に放った牡液は、千沙都の未成熟な女の壺では受け入れられない。

肉茎がめり込んだ結合部から、こぽ……こぽっと精液と花蜜の白濁ミックスが漏れ落ちて、小さな窄まりを越えて垂れる。

「お兄さん……大好きぃ」

「ううっ、千沙都ちゃんっ」

禁断のロリータキスを続けるふたりの背後で、紗英が身体を起こした。

「ふふ。あんまり夢中だから……のぞかれていても気がつかなかったのね」

女王様モードに戻ったお嬢様が博己の背中に手を置く。

「えっ……のぞき？」

「そうよ」

博己は顔をめぐらせた。

「う、うそだろ……」

サンルームの片面にある大きなステンドグラス。色とりどりのガラスの向こうに、ベレー帽をかぶった少女の影が浮かんでいたのだ。

「あの子、とってもヤキモチやきだから大変よ」

第七章　ダブル・ロリータホール

1

「紗英さまにお尻を舐めさせるなんて、なんてうらやま……いえ、ひどい男なの」

舞衣が腕組みをして、燃える瞳で博己を見おろす。

学年を示す緑のベレー帽に白いブラウスと紺の吊りスカート。ドナマリア学園の制服だ。自分の傘のほかに、折りたたみのピンクの傘を持っている。

「しかも、紗英さまに手伝わせて千沙都さんを、あんなふうに、ずぼずぼするなんて……おしおきを受けて当然ですっ」

ふだんは穏やかな和風お嬢様が一重の目尻をキッと持ち上げ、小さな唇をへの字に曲げて怒りをあらわにする。

「違うわ。わたしが好きでやったこと。あと……本当にエッチなのはこれからよ」

紗英は自分の信奉者を相手に、裸でも堂々としている。

舞衣は学校帰りのゲリラ豪雨で大切な紗英先輩を濡らすまいと置き傘を持って追いかけてきて、バラ館のサンルームでの痴態を目撃してしまったようだ。

「それにあなただって、さっきからスカートの中を気にして脚をもじもじすり合わせているじゃない。わたしたちをのぞいて、エッチな気分になっていたのかしら」

紗英の言葉に、舞衣ははっとしてスカートの股間を押さえた手を離す。

「あ、あの……あたしはどうすれば」

私立のお嬢様コンビに挟まれて、千沙都はとまどっている。舞衣は違う学校とはいえ同じ五年生で、バラ館でもしょっちゅう顔を合わせる相手なのだ。

(千沙都ちゃんだけじゃない。俺もどうしたらいいか)

裸のふたりと乱入してきた制服のひとり、三人の少女に囲まれて博己はサンルームの床に正座している。

「でも……あんなに大きなのが、千沙都さんの中に入って、あばれていたなんて」

千沙都の処女地を開拓した肉茎に、舞衣がちらりと目を向けた。

(大人の平均からすると、これでも小さいんだよ)

とはいえ、お嬢様には恐怖を与えるサイズなのだろうか。博己は両手で性器を隠す。

「いつも元気で、無邪気な千沙都さんが『オマ×コをかわいがって』だなんておねだりして……」

サンルームのステンドグラスは、湿気抜きの通気口もたくさんある。三人のあられもない声を舞衣が聞いていたのだ。

「信じられなかった。千沙都さんが『おチ×チンが好き』ってなんども叫んで」

「ちょ……ちょっと、あたし……あの、もういっかいお風呂に入ってくるっ」

同じ学年の女子に嬌声を聞かれたと知って、千沙都は真っ赤になって立ち上がる。

わざとらしく自分の肩をつかんで、湯冷めしそうなのだと演技をしながらサンルームを出ていく。

湯冷めなどするはずはない。サンルームの中はバスルームから流れる熱気と湿気で熱帯のジャングルみたいに暑いのだ。キュートな妖精は逃げ足が速い。

三人が残ったサンルームで、舞衣は校則違反を見つけた先生みたいに腰に手を当てて博己を叱る。

「男の人はエッチな気分になるとがまんができないって聞きました。ほんとうなんですね」

「あ、いや、それは……」

根本的に男性が嫌いか、または信用していないらしい。舞衣と紗英のSMチックな遊びをのぞいたときも、博己の視線に気づいた舞衣は大好きな先輩を置いて一目散に逃げていった。

「紗英さま、帰りましょう。もう雨もやんで……」

「だめよ。次はわたしが挿れてもらうの」

潔癖な後輩を、紗英が挑発する。

「そんな……だって、紗英さまは」

舞衣は焦って、腰の横でぎゅっと手を握る。

自分だけの、秘密の行為の相手だと思っていた先輩が、バラ館に引っ越してきた若い男に抱かれると知って嫉妬しているのだ。

「博己さんとエッチした子は、みんなとっても気持ちよかったってノートにも書いてあったから、わたしもドキドキしてるの」

紗英は正座した博己のすぐ脇に移動すると、麻衣を見上げて微笑む。

「でも……もし舞衣も、わたしたちの仲間になるのなら」

「えっ……」

とまどう舞衣に向かって紗英が手を伸ばし、猫の喉を撫でるみたいに指で誘った。

六年生とは思えない優雅な仕草だった。

「いっしょに、気持ちよくなれるかもね」

長い黒髪をかきあげた。手のひらサイズの六年生バストが汗で光っている。

「ああ……紗英さまぁ」

博己たちが座る前で、制服姿の少女の膝が崩れた。

「仲間に、いれてください……」

博己にはその「いれて」が「挿れて」と聞こえて、強烈な射精を終えて萎えていた
肉茎に圧力が流れ込む。

「だったら、わたしたちといっしょに、裸になりなさい」

女王様が後輩を追い詰める。

舞衣は博己をちらりと見て、唇を噛んだ。

(紗英ちゃんとのレズプレイを俺に見られたときも、すごく恥ずかしがってたもんな。

女子校に通っているから、男が生理的に苦手なのかも)

だが舞衣にとっては、男の前で裸になる恥ずかしさより、紗英の命令に従うことが

大事だったようだ。

制服の吊りスカートがすとんと落ちる。

白いブラウスのボタンをちいさな手がひとつずつぷちん、ぷちんと外していく。

あらわれたのは無地の児童用キャミソールと、コットンの白無地パンティだ。

(良家のお嬢さんは、下着も真面目そのものなんだな)

「うう……ぜんぶ、脱がないとダメですか」

舞衣はすがるような視線を紗英に向ける。

「ダメよ」

人差し指をぴんと立てた紗英に命じられ、舞衣はせつなげなため息といっしょにキャミソールをおろす。ぷりんっとふくらみかけの乳房があらわれる。

同じ五年生でも、さきほど博己が処女地を貫通した千沙都に比べると女らしさを感じる、柔らかな曲線だ。ぷっくり尖った乳頭が目立つ。

舞衣の手がキャミソールの内側に入る。女児ショーツごと脱いだのだ。

「ねえ、どうしていっぺんに脱ぐの？　濡れているのを見られたくないからかしら」

全裸の紗英が立ち上がると、ひたひたと裸足の足音を響かせて近寄る。

「あっ、ああ……ダメです」

焦っても紗英には逆らえない。

紗英が足元から純白のコットンショーツを奪い、ぱっと広げた。

「ふうん……いやらしい子ね」

「あーっ、ああっ、見たらいけません。汚いです」

舞衣が止めようとして、足首にからまったキャミソールでふらつく。

「博己さん、どう思う？　舞衣って、すごく恥ずかしい子よね」

紗英が後輩の女児ショーツを裏返して示す。

「わ……っ」

ガーゼみたいに柔らかそうな純白クロッチが、ねっとりと粘液で濡れていた。

清純そうな舞衣の姿とはつながらない、まるで射精を受け止めたような大量の液体で、少女の酸性の香りも強い。

「ただ興奮していただけじゃないわね。正直に言いなさい。千沙都ちゃんが博己さんとしているのをのぞいて……ひとりでいじっていたんでしょう」

「う……ううう。ごめんなさい……」

舞衣は涙目になって認めてしまう。

サンルームの中で、正常位で千沙都とつながった博己、そして博己の肛門と陰嚢を舌と指で愛撫する、大好きな紗英先輩の姿をのぞきながら、制服の少女は野外でマスターベーションにふけっていたのだ。

(真面目で一途なのにエッチな女の子なんだな)

紗英を奪われそうな相手だから、きっと博己のことが嫌いだろう。けれど、博己はこの健気な少女を気に入った。

舞衣が嫉妬でくやしげに唇を歪めながら自慰にふける姿を想像して、肉茎はぐんと勃ちあがる。

「そんなにエッチなシーンを見たいなら……そうね。舞衣、あお向けに寝なさい」

紗英が命じると、舞衣はためらいもせずにサンルームの床に横たわった。

2

湯気と熱気がこもって温室のようだ。

サンルームの白木の床に横たわった舞衣の肌も、すでに汗の粒が浮いている。

「舞衣、動かないで」

何をされるか不安そうだった舞衣の裸の胸に、ゆっくりと紗英が座る。

「重くないかしら。苦しかったら言ってね」

椅子にされた舞衣は苦しいどころか嬉しそうだ。

「軽いです。紗英さまは全然重くないですっ」

大人っぽい雰囲気で手足が長い紗英だが、細身でまだ女らしい丸みは少ない。きっと体重は平均よりもかなり軽いはずだ。

たとえ重かったとしても、きっと舞衣は文句など言わないだろう。

舞衣の胸に尻を落とした紗英は、脚を大きく広げた。

「あ……ああ、紗英さまの……ぜんぶっ」

舞衣は頭を持ち上げて、自分の胸の上に乗った、敬愛する先輩の陰裂にとろけた視線を向ける。

「んふ……ああ、紗英さま、ピンク色で、きらきら光って、きれい……」

うっとりと頬を染めて舞衣は絶景に目を細める。

鼻がひくついているのは風呂あがりの紗英の恥溝に、少しでも生まれ持った匂いが残っていないかと吸っているのだろう。

「ふふ。わたしと博己さんがつながるところ……特等席で見せてあげる」

意味深な笑みを浮かべて、紗英は上体を後ろ向きに倒した。

あお向けの舞衣に背中を預け、紗英が逆向きに寝るかたちだ。

スクール水着のかたちにうっすらと日焼けした手脚が、大の字に伸びた。

ぴったりと閉じた舞衣の太ももに紗英が後頭部を預ける。長い黒髪がふわりと広がって後輩の脚を飾る。

「博己さん、きて。わたしにも、その……きもちいいものを経験させて」

下敷きにした舞衣の肩よりも、さらに大きく膝を広げた。足の裏は床につけているから、舞衣の胸の上に紗英の陰裂が乗ったかたちだ。

なだらかな恥丘の下で、桃色の処女窟が待ち受けている。

なんとも淫猥な眺めだ。

「ああ……紗英ちゃん、すごいよ。ああぁっ、見てるだけでイキそうだっ」

博己の頭の中が濃厚なピンクに染まって、肉茎が破裂しそうに充血した。

サンルームの熱気よりずっと熱い牡肉がびくびくと跳ね、先走りのよだれを垂らす。

(紗英ちゃんの生えはじめの毛……俺だけが見られた景色っ)

第二次性徴期の少女の身体は毎日大人へと変わっていく。

恥丘に生えていた極細の絹毛は、少女の時代が終わろうとする、ほんの数カ月のあいだに発達していくだろう。

春草の芽生えを直接目にした男は、博己だけなのだ。

「どうしたの。博己さん、泣きそうになってる」

(バラ館に引っ越してきて、ほんとうによかった。一生の宝ものだ)

隠し通路から何人もの少女の秘密の行為や裸体をのぞき、そして数人の少女とは実際に触れ合った。

けれど、目の前で誘っている紗英は別格の美少女だ。

ただかわいらしいのではない。

大人をからかい、翻弄する頭のよさと、まだ子供っぽい甘えんぼうという面も持った、神秘的な少女なのだ。

嬉々(きき)として紗英のベッドになっている舞衣と同様に、博己も自分が楽しむのではなく、信奉する紗英に快感を得てほしい。

重なった少女たちの上にかがむ。

「はああっ、こわい……」

不安を漏らしたのは舞衣だ。

顔のすぐ上に、屹立した男性器が迫るのだ。セックスどころか、まだ男の肌に触れたことがない五年生には、恐ろしいアングルだろう。

「ふあ……こんなにごつごつしたものが、紗英さまの中に……ううっ」

だが、博己にとっては舞衣のつぶやきも興奮をあおるスパイスだ。

男性器を真下から拝んだ少女が漏らしたため息が、大人の陰嚢をくすぐる。

「もう……舞衣ったら、わたしを脅かすつもりなの」

なんでもないのよと言いたげな口調だが、紗英の表情も曇る。

気が強くて好奇心旺盛な少女でも、現実に男を受け入れるのは不安なのだ。

気丈に開いた細い脚のあいだで、薄桃色の洞窟が待つ。

左右に割れた柔肉の中心で、艶やかに光る襞が重なっていた。

神秘的な造形にびくっと牡槍が猛り、糸を引いた先走りが舞衣のあごを汚した。

「はあぁ……紗英さまの穴に、男性の先がくっついて……っ」

真下から実況する舞衣の声が震えている。

ちゅく。ふにっ。

「は……あぁんっ」

亀頭が陰唇に触れただけで紗英がのけぞった。

館の客間で目隠しをした彼女の性器を舐めたとき、敏感さに驚かされた。

一気に挿入などできない。

紗英の腰を両手で支えて、博己は肉茎をゆっくりと上下にスライドさせる。
陰裂の上端で陰核を包んだ極小のふくらみに、亀頭を当てて揉むように動かす。
下敷きになっている舞衣が、紗英の指で甘い悲鳴を漏らしていた愛撫をまねた。
「あっ、くすぐったいけど……好きよ」
快感を生む雛尖を包皮ごと穂先で押してみると、紗英は嬉しそうにうなずく。
陰裂の下流に穂先を滑らせる。姫口の脇の溝を擦る。この館ではじめて目撃した、
三年生のリカが自慰で触っていた場所だ。
「ひんっ、ああ……指でするより気持ちいい」
薄めの唇がふっと開き、唾液で濡れた前歯があらわれた。
濃い桃色の舌が宙を舐めるように姿を見せる。
亀頭の位置をずらし、牡の熱源を姫口に当てゆっくりと押し広げる。
だが、挿入はしない。狭隘な膣口を亀頭のかたちになじませるのだ。
「んふ……ああっ、硬いのがぐいって」
四年生の日奈子は、未成熟な膣道に挿入するのは無理だったが、それよりも膣口を
広げられるのが好きだった。
「ああっ、紗英さまがひろがっちゃう。うう……たらたらって、きれいなおつゆが漏

れてきます」

あふれた花蜜を真下で顔に受けた舞衣が悶える。

マゾヒスティックな面を持つ舞衣は、口を大きく開いて紗英の愛汁を飲もうと待ち構えている。

姫口に半ばまで埋めた亀頭を、ゆっくりと左右に回す。

中一のスポーツ女子、奈緒が処女喪失の寸前に喜んだ動きだ。

「んん……当たってる。すごく熱いの。はあ……あっ、中が……さみしい」

紗英はもどかしそうに細腰を揺する。

「うう……あのね、もう……焦らさないで」

媚びた瞳が博己を射抜く。

ときには高慢ささえ感じさせるお嬢様が、牡肉を求めて涙を浮かべているのだ。

(今が最高のタイミングだ)

「紗英ちゃん、ゆっくり……挿れるよ」

博己は静かに腰を送る。

ちぷっ、に……ちゅっ。

処女の花蜜が泡立って姫口からあふれ、震えるヒップの谷間を伝っていく。

「は……あっ、入ってくる。やっ、あぁん……すごい」

博己は驚いた。紗英の処女はとても柔軟だった。こじ開けているのではなく、亀頭がみち、みちと少女の膣口に呑み込まれていくようだ。

「くうぅ、先っぽがオマ×コにひっぱられる」

「ん……はあああっ、熱い。きついのに……もっと、ほしくなってるぅ」

処女喪失の痛みはほとんどなかったようだ。紗英は未成熟な膣道をえぐられる違和感に顔をしかめながらも、嬉しそうに口角をあげている。

「ああっ、紗英さまのピンクのお肉が伸びて……太いのをしゃぶるみたいに」

真下で結合シーンを鑑賞する舞衣も驚いている。

柔らかな姫口が亀頭を舐めるように吸いつき、反り返った肉冠にまとわりつく。

「ひゃ……ん、すごい。ずぶずぶされてるのっ」

紗英の意志ではなく、自然に陰唇が男を求めているのだ。

まるで膣口が牡肉を舐めているみたいだ。

膣道に亀頭が食べられると錯覚するほど、紗英の膣粘膜は柔らかくて温かく、そしてとても強引だった。

「ひあああん、ごりごり削られて……ううっ」

きゅっ、きゅっと肉槍が奥に引きずられていく。

(嘘だろっ、これが処女だなんて。俺が今まで知ってたオマ×コとはまるで違う)

博己がバラ館に住むきっかけになった、昔の恋人とのセックスなど、もう過去の、薄れゆく灰色の記憶でしかない。最近は別れた彼女の顔さえ思い出せない。

「紗英ちゃんのオマ×コ、最高だよ……あああっ」

「あーん、太くて硬いのがずるずる……中にきてるの。はああんっ」

紗英は舞衣の上で悦のダンスを踊っている。

「は……んんっ、おかしいの。何もしてないのに、すごく気持ちいい……ああん、おチ×チンって反則だわ。ずるい……はああっ」

ぶるっ、ぶるっと裸身が痙攣している。

「んく……はああっ、もっとおチ×チンでいじめて。かわいがって」

紗英の手が伸び、ぎゅっと博己の手を握って引き寄せる。

「く……ひんっ、へんなの。わたし……真っ白になる」

きゅんっと膣道が肉茎を絞る。汗びっしょりの乳房が張って桃色に染まる。

その反応に見覚えがあった。

ついさっき、このサンルームではじめて挿入した千沙都の絶頂と同じだ。

（まさか……イクのか。挿れただけで動かしてもいないのに）

膣道が小刻みに震え、膣奥からどっと熱い花蜜が亀頭に降り注ぐ。あきらかにオーガズムの反応だ。

「ひ……あああああっ、浮いてる。飛んでいっちゃうぅっ」

首を前後に振り、髪を振り乱す紗英の口からつうっと唾液があふれる。

「イクっ、ああ……これがイクってことなのね……ふわってなって、イクぅっ」

逃さないといわんばかりの強烈な吸引で亀頭がとろける。ぎゅうっと膣口が肉茎を締めつける。

「は……んんっ、紗英さまぁっ、おいしい……うれしいです……」

結合部からあふれる絶頂の蜜を顔に浴びた舞衣が、幸せそうに叫んでいた。

3

（挿入しただけでイクなんて……）

正常位で結合した博己は紗英の裸身にみとれている。

射精には至らずに硬直を続ける肉茎は、ときおりびく、びくっと痙攣する六年生の膣道に穿たれたままだ。

「なに……いまの……」

処女喪失直後に挿入で絶頂するとは、紗英自身も予想していなかったのだろう。

すっと伸びた手脚はうっすらと日焼けしているが、肩から腰、そして恥丘までは白い。スクール水着の跡が残っているのだ。

「んは……ああ、博己さんのが、魔法みたいに気持ちいいところに当たって……」

絶頂の余波で、胸が大きく上下している。

小さなパンケーキを思わせるふくらみに、トッピングの桃色乳首が尖る。

驚いたように開きっぱなしの唇から、脱力した舌があふれている。

泣き終わった子供みたいに、まぶたが腫れぼったく緩んでいた。目はサンルームのステンドグラスをぼんやりと眺めている。

「すごいの、きちゃった……」

博己への称賛だ。

「ん……はあぁ」

つながったふたりの下敷きになった舞衣が、甘いため息を漏らす。

顔の上で、大好きな上級生の処女喪失の一部始終を目撃したのだ。

「はぁ……紗英さまの中から、とろとろが……」

絶頂の汁を浴びて、舞衣の顔が光っている。

血管を浮かせた棹の向こうで、少女の舌が動いた。

「は……んんっ、あああっ」

反応したのは絶頂を迎えて放心していた紗英だった。

(舞衣ちゃんが、紗英ちゃんのお尻の穴にキスをしてる)

先輩が感じるポイントを舌先で突いたのだ。

「や……ダメっ、ああん、イッたばかりなのに」

「紗英さまの身体をいちばん知ってるのは……わたしです」

(舞衣ちゃんは俺が紗英ちゃんをイカせたのが気に入らないんだな)

ぴちゃっ。

子猫がミルクを飲むみたいな音が結合部の下から聞こえてきた。

「んっ、ふぅ……紗英さまのお尻……ひくひくしてる」

紗英の下敷きになった無理な姿勢で、顔を真っ赤に染めて肛門奉仕を続ける。

「にゃあんっ、ダメ。お尻をちろちろしないでっ」

結合部の下で寝た舞衣が、紗英の窄まりに舌を立て、中心をちろちろと掘り返す。

肉茎で貫かれた、処女を溶かしたばかりの穴の隣で、もうひとつの秘穴を舐める処女五年生。

女の子のアナル舐めという背徳的なシーンをもっと見たい。

「舞衣ちゃんを楽にしてあげるよ」

博己は結合をいちど解いた。

にゅぽっという水音とともに、勃起したままの牡肉が姫口を裏返して抜けていく。

泡立って白濁した花蜜に、うっすらとピンクが混じっている。破瓜の証だ。

(俺が……こんなかわいい女の子のはじめてをもらったんだ)

幸せすぎて、まるで夢の中にいるようだ。

「あーん……抜けちゃった……」

膣道の支配者が去り、紗英が名残惜しそうに指を噛んでいる。

「うう……そんなに男性がいいんですかっ」

大好きな先輩の寂しそうな表情が、舞衣の嫉妬心に火を点けたようだ。

M字に開いていた紗英の両膝を下からつかむと、ぐっと一気に尻を浮かせて後転させたのだ。

「あ……ひゃんっ、なに……んんっ」

紗英は肩を床につけて陰裂を天に向けた、世にいうまんぐり返しのポーズを強要させる。

大人の女性なら苦しいだろうが、体重が軽くて関節が柔らかい紗英だから、屈曲した体勢も苦にならないようだ。

縦割れの陰裂からたらりと花蜜があふれ、春草が萌えはじめた恥丘を伝う。

「ああんっ、だめぇ……恥ずかしいっ」

性器と肛門をあからさまにした格好だ。

「紗英さまの……この穴はわたしだけのもの」

逆さの平泳ぎみたいな無防備な姿になった先輩の股間に舞衣がしゃぶりつく。

ぺちゃっ、ぷちゃっ。

同性の排泄穴に唾液を運ぶ音がサンルームに響く。

「はひ……ひいいんっ、舌でくりくりしないでぇ」

ただ舐めるだけではない。両手でシミひとつないヒップをかき分け、広がった放射皺の中心、針の穴ほどのピンク粘膜に舌をねじ込むのだ。

にちゃっ、ぷしっ。

かたくなな窄まりが強引に舌でこじあけられ、紗英の内側から空気が漏れる。

「だめぇえっ、開かないで」

後頭を床につけた紗英の顔は真っ赤だ。

「あはあっ、キスされるのが好きだって、紗英さまのお尻がしゃべってくれます」

ちゅぽ、くぽ……くぽぽっ。

年下少女の舌で遊ばれたロリータ肛門が饒舌になる。

なんと淫らな演奏だろう。

舞衣の興味は姫口ではなく、自分が独占できる窄まりに集中している。

まだ舞衣自身が処女だから、思春期に意識する膣道の快感よりも、幼児期から知っている排泄の快感になじみがあるのだろう。

「はぁん……紗英さまのお尻、おいしいよぉ……」

すみれ色の窄まりをこじ開け、ぴちゃぴちゃと唾液を鳴らして内側の桃色秘肉をしゃぶっている。

「ひあああっ、だめ、やめなさい……お尻の中を、かき回さないで」

髪を振り乱し、床についた手を暴れさせながらお嬢様が絶叫する。

(オマ×コががら空きだ……)

紗英が肛門を閉じようとするたびに、ずっと肉茎を受け入れていた桃色の洞窟がせつなそうに開閉する。花蜜でぐちょぐちょになった柔肉の奥までのぞける。

「俺が、紗英ちゃんの寂しそうな穴も、いっしょにかき回してあげるよっ」

博己はまんぐり返しで動けない紗英の顔をまたぐ。

「あ……ああ、そんな」

紗英の視界には揺れる陰嚢と牡の旗竿が映っているだろう。

肉棹は手で下を向かせるのもつらいほどに硬くなっていた。

舞衣にこじ開けられた肛肉にひっぱられ、ぱっくりと開いて桃色の粘膜をあからさまにした姫口に、熱くたぎった穂先を押し込む。

「んはあああっ、だめええ」

絶叫に合わせて、逆さになった膣道に溜まっていた花蜜が噴きこぼれる。

「はひ、入ってくるぅ。あーん、おかしくなるっ」

紗英が漏らした悲鳴は苦しさを訴えるものではなかった。

亀頭を受け入れた姫口が肉茎をきゅっと締め、膣襞はおかえりなさいとばかりに揺れながら、牡肉を奥へと誘う。

「ひ……ああっ、前も後ろもされて……おかしくなる。とけちゃうっ」

紗英の開きっぱなしの唇から漏れるのは、歓喜の悲鳴なのだ。

斜め上からの挿入だ。勃起が膣と腸をへだてる粘膜の壁を押す。

「ううっ、紗英ちゃんのオマ×コにこの角度……すごく気持ちいいよっ」

無数のこりこり襞が亀頭の裾にからむ。未経験の快感に博已の腰が震える。

「んふっ、お尻の中で……おチ×チンが暴れてるの、わたしにもわかります」

舌を伸ばして紗英の窄まりを味わっている少女の瞳が異常な興奮に輝く。

「う……上からズボズボされる。太いのが、あああっ、熱い」

先輩の陰裂を広げ、恥肉を舐める舞衣の前で肉の杭を打ち込む。

「紗英さま……ふたつとも穴をいじられて、すごく嬉しそう……んんっ」

「ほら、チ×ポで入り口をかきまぜるとエッチな液があふれて、お尻まで流れて……

舞衣ちゃんの口まで濡らしてるよ」

舞衣の舌がれろれろと肛肉の裏側を這うのが粘膜の壁越しに伝わって、挿入と同時にフェラチオされているような錯覚まで起こしてしまう。

「あーひっ、ひあああんっ、また……すごいのきちゃう。わたし、おかしくなって」

自分の姫口に大人の肉茎が穿たれ、じゅぽじゅぽと音を立てて前後しているのを見上げる紗英の絶叫が、博已の陰囊を震わせる。

「ひゃんっ、中で……大きくなって」

鍵穴と鍵みたいに組み合わさった牡肉が膣襞を震わせる。

「ああっ、紗英さま……さっきよりもっとエッチな声……わたしだってまけないっ」

んちゅうっと下品な音を立てて、舞衣は肛門にしゃぶりつく。

「ひーいい、吸わないで。んはあああっ、だめ。両方、同時、だめええっ」

博己と舞衣は協力ではなく競い合って紗英を絶頂させようとする。

「紗英ちゃん、チ×ポでイクんだ。オマ×コの入り口を裏返されるの好きだよねっ」

「お……はんっ、だめえっ、前……オマ×コも、あああっ、お尻も同時なんて」

追い詰められるお嬢様の口から、下品な単語が吐き出された。

(紗英ちゃんが……ドナマリア学園の優等生が、オマ×コって叫んでる)

下向き勃起で膣口の裏側を掘り返す。膣奥から濃い蜜があふれてくるのがわかる。

「あひいっ、あたまのなか……からっぽになる。あうぅ……だめ、イッちゃうぅ」

スリムな紗英が、水面で跳ねる魚のように躍る。

「く……ひいいっ、イッてる。ずーっとイッてるぅ……っ」

ちゅびいいぃっ、しゅううぅっ。

博己の陰嚢に、生ぬるい水流が叩きつけられた。

結合部よりも前、絶頂で弛緩(しかん)した尿道口から、新鮮な少女尿が噴出していた。

「あううっ、紗英ちゃんのオシッコ……あったかいっ、はあああっ」

陰嚢に少女の恥シャワーを浴びて、博己の脳が震える。

「ひーん、ひいんっ、オシッコ……ごめんなさい」

逆さになっての放尿だ。生々しい香りを放つ少女のジュースが飛び散って紗英自身の顔まで濡らしている。

「く……あああっ、出すよ。紗英ちゃんのオマ×コに注ぐっ」

ど……どくりっ、どぷうっ。

射精宣言も間に合わない。どっと肉茎の芯を快感の渦がすり抜ける。

「あううう、熱いぃっ。嬉しい……ああっ、オマ×コが嬉しがってりゅうっ」

逆さになった子宮めがけて、精の奔流を送り込む。

どぷっ、どぷぅと狭隘な膣道を、濃厚な白濁が満たしていく。

「ああっ、飲まされてる……奥まできてるっ。博己さんのが……熱いっ」

未熟な子宮が、はじめて受け取る牡エキスだ。紗英はきっとその熱を、一生忘れないでくれるだろう。

4

長い放精が終わった。

斜め下に向けての激しい抽送で、もう博己の腰は限界だった。

ゆっくりと肉茎を引き抜く。

「はあ……ずっと挿れていても、いいのに……」

「ああん……紗英さまがおチ×チンに負けちゃってる……くやしい」

絶頂の余韻でひくつく少女の肛肉に、舞衣は後戯のキスを続ける。

まんぐり返しのまま痙攣している紗英がいとおしい。

キスをしたくなって、博己が紗英の脇に膝をつく。

いきなり、バスルームからサンルームに続くドアが開いた。

湯気の向こうに、素足が並んでいた。

「やっとおわったね。ドキドキしちゃった」

千沙都だった。子鹿みたいな裸体で幅跳びみたいにサンルームに飛び込んでくる。

博己の牡肉で処女を喪失したばかりで脚の力が入らないのか、着地に失敗してふらつき、ぺろりと舌を出す。

なぜか背中に両手を回しているから、平らなおっぱいや恥丘に刻まれた割れ目すら隠せない。

「うわ、のぞいてたのか」

突然の乱入に博己が焦ると、千沙都はえへへ、と笑ってバスルームを振り返る。

「あたしだけじゃないよ。あんなにかわいい声……みんなドキドキしちゃう」

続いて入ってきたのは理那だ。

風呂あがりなのだろう、濡れたままのヌードだ。

「紗英さんのエッチな声……ぜんぶ聞いちゃった」

ショートカットのボーイッシュ少女が好奇心丸出しの視線をサンルームに向ける。

「日奈子なんて、とちゅうで『理那、いじって』っておねだりしたんだよ」

「やだっ、ナイショだって約束したのに」

理那の背中に隠れていたのは、同じ四年生の日奈子だ。このバラ館では同性カップルとしてみんなから公認の仲だ。

「でも、ほんもののおチ×チンって、やっぱりすごいと思いました」

おっとりした雰囲気の日奈子は読書感想文みたいな言い方で、今では力を失った肉茎に目を輝かす。

裸のふたりがじゃれ合いながらサンルームに入ってくる。

突然の乱入に驚いたのは博己だけではない。

「だめぇっ、見ないで」

「きゃっ、紗英さまっ」

少女たちの視線を浴びて、まんぐり返しのままだった紗英と、そのアヌスにキスを続けていた舞衣があわてて離れる。

「でも……もう遅いみたいだよ」

博己は気がついてしまった。

サンルームの窓、ステンドグラス越しにふたつの影が並んでいた。

長身で大人っぽいシルエットは中一の奈緒に間違いない。そして彼女の手をしっかりと握りながら、背伸びしてサンルームをのぞいていた小さな影は三年生のリカだ。

どうやら博己と紗英、そして舞衣の痴態はバラ館の少女たちにずっと見られていたらしい。

「さっきのスケッチだってあるんですよ、紗英さん」

千沙都が背中に回していた手を前に出して「ひみつノート」を開く。

簡潔な線で、三人が淫らにからみ合う姿が鉛筆で描かれていた。

「うふ、これから……もっとエッチなモデルになってくださいね」

千沙都の言葉に、他の少女たちも目を輝かせた。

その視線は持ち主より先に勇気を取り戻しつつある肉茎に集まっていた。

「ああ……白いのをたくさん出したのに、もうびくんって動いてる……」

「ほら、日奈子、いっしょにおチ×チン、触ってみようよ」

理那と日奈子が目を潤ませて迫ってくる。

少女たちの期待に応えるように、肉茎はぐいと角度を増した。

紗英の絶頂蜜でねっとりと光っている。

「待って。だめ。わたしが汚してしまったから、お風呂できれいに……」

紗英はぺたんと尻もちをついて首を左右に振る。バラ館に集う小学生たちの女王様も、二穴を責められておもらし絶頂した姿を目撃されて羞恥に頬が真っ赤だ。

「いいえ、紗英さまのおつゆは汚くなんてありません。わたし、よろこんでお口で清めさせていただきます」

男嫌いだったはずの舞衣がお嬢様学校の口調のまま勃起肉に目を輝かせる。崇拝する紗英の身体から出た蜜は舞衣にとって甘露なのだ。

博己の前にひざまずくと、唇を舐めてお掃除フェラをはじめようとする。

「ふ……ああん、これが紗英さまの奥の匂い……すてきな香りです」

あーんっと口を大きく開いた舞衣の横に、白いシャツと紺のプリーツスカートという、中学の制服を着た少女がわりこむ。

「おねがい。一回だけ奈緒にゆずって。ずっとオ……オマ×コが切ないの」

サンルームの外から飛び込んできた奈緒は、涙目になって肉茎に顔を寄せた。

「ずるい」

「ひとりじめなんて」

「最初はあたしだもん」

少女たちの手が博己の裸体を這い、性器に向かって押し寄せる。

「う……うわああっ、ちょっとまって。順番に……ひゃああ」

ミックスジュースみたいに甘くて複雑な体香と、マシュマロみたいに柔らかな少女の肌に包まれて、博己は幸せにとろけていった。

◉新人作品**大募集**◉

マドンナメイト編集部では、意欲あふれる新人作品を常時募集しております。採用された作品は、本人通知のうえ当文庫より出版されることになります。

【応募要項】 未発表作品に限る。四〇〇字詰原稿用紙換算で三〇〇枚以上四〇〇枚以内。必ず梗概をお書き添えのうえ、名前・住所・電話番号を明記してお送り下さい。なお、採否にかかわらず原稿は返却いたしません。また、電話でのお問い合せはご遠慮下さい。

【送付先】 〒一〇一‐八四〇五 東京都千代田区神田三崎町二‐一八‐一一マドンナ社編集部 新人作品募集係

少女の花園(しょうじょのはなぞの) 秘密の遊戯(ひみつのゆうぎ)

二〇二二年五月十日 初版発行

発行◉マドンナ社

発売◉二見書房

東京都千代田区神田三崎町二‐一八‐一一

電話 〇三‐三五一五‐二三一一(代表)

郵便振替 〇〇一七〇‐四‐二六三九

著者◉綿引 海【わたびき・うみ】

印刷◉株式会社堀内印刷所 製本◉株式会社村上製本所 落丁・乱丁本はお取替えいたします。定価は、カバーに表示してあります。

ISBN978-4-576-22053-6 ◉ Printed in Japan ◉ ©U. Watabiki 2022